关注孩子内心的柔软
讲述生命与爱的时代经典

金芦苇
国际大奖书系

侦探猫和幽灵狗

［德］维兰德·弗罗因德 著

崔培玲 译

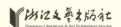

浙江文艺出版社
Zhejiang Literature & Art Publishing House

Ich, Toft und der Geisterhund von Sandkas

© 2014 Beltz & Gelberg

in the publishing group Beltz – Weinheim Basel

版权合同登记号：图字：11-2022-306号

图书在版编目（CIP）数据

侦探猫和幽灵狗 /（德）维兰德·弗罗因德著；崔
培玲译. —杭州：浙江文艺出版社，2023.4
　ISBN 978-7-5339-7203-5

　Ⅰ.①侦…　Ⅱ.①维…　②崔…　Ⅲ.①童话—德
国—现代　Ⅳ.①I516.88

中国国家版本馆CIP数据核字（2023）第051734号

责任编辑	岳海菁	装帧设计	吕翡翠
	朱怡瓴	营销编辑	周　鑫
责任校对	萧　燕	数字编辑	姜梦冉
责任印制	吴春娟		诸婧琦

侦探猫和幽灵狗

［德］维兰德·弗罗因德 著　崔培玲 译

出版发行　浙江文艺出版社
地　　址　杭州市体育场路347号
邮　　编　310006
电　　话　0571-85176953（总编办）
　　　　　0571-85152727（市场部）
制　　版　杭州天一图文制作有限公司
印　　刷　杭州杭新印务有限公司
开　　本　880毫米×1230毫米　1/32
字　　数　76千字
印　　张　5.625
插　　页　2
版　　次　2023年4月第1版
印　　次　2023年4月第1次印刷
书　　号　ISBN 978-7-5339-7203-5
定　　价　33.00元

目录

第一章
不同寻常的夏天

世界上最美的莫过于散库斯的夏天，每年五月起海水变蓝，一直到九月都阳光明媚。在其间不多的几个雨天里，老约翰每晚都会烧起壁炉，以驱除穆勒嘉农舍里透过黄色桁架墙钻进来的湿气。

在这样的雨天里，托福特每每都会像一只甲虫般地仰卧在地上，并将几条短腿伸向空中。我则舒舒服服地爬到窗台上，待在那个有浅蓝色条纹的渔船模型旁边。渔船昼夜不停地在一只瓶子里驶来驶去。老约翰通常会坐在他那张破旧的沙发里喝茶。如果海风很大，我们就会听见浪涛拍打着巨大的岩石，在这些岩石上还残留着斯托堡的废墟。

第二天早上照样又会阳光灿烂。夜里，风将云从海上吹散，吹到远远的陆地上。天气晴朗时，从岛上看陆地只是窄窄的一缕海岸线，那里聚满了人群。

散库斯的夏天到来时，人们都会来到岛上。可以通过彩裙和被暴晒过的脸来确定他们是游客，然而我只须听见关车门的巨响就知道：他们来了。对我来说，关车门的声音，刺得我鼻子发痒的草丛，还有在农舍芦苇房顶上忙碌的马蜂，这些都是夏天到来的标志。

那些车总是从最近的小城里斯克开过来。沿着狭窄的海岸，只有一条路可以来岛上。路的尽头有一个停车场，仅此一家，是一片已经被碾平的、铺满碎石的草地。停车场和其对面的穆勒嘉农舍都归老约翰所有。很久以前，当生活还比较无聊，我还没来到这个世界上时，或许有绵羊在草地上吃过草。但是现在老约翰早已不再是农夫，而是停车场主人和收费员。他也不再坐在拖拉机上，而是待在小屋里。这座小屋里只有一个收费台、一把老约翰坐的椅子和一条给托福特准备的毯子。

虽然我不太理解，但是托福特整个夏天每天都去上班。可能因为他像其他狗一样都始终热情高涨吧。他不停地摇着尾巴，只有一切合意，他才会真正高兴。每天早上，我都会看见老约翰和小托福特穿过穆勒嘉花园的门，踏过停车场上的碎石，然后走进停车场中央的小屋。在第一批车到来之前，他们已各就各位。

托福特当然不会一直待在小屋里。他大部分时间都是迈着小短腿围着车打转，凑到游客身边嗅一嗅，或者舔落在地上的冰激凌，要么就对着那些牵在绳上的、有教养的狗狂吠一通。这些狗都是从城里来的，身架普遍比托福特大一号。托福特是条小狗，用老约翰的话说，一把就可以抓住。他浑身长着白色的短毛，背上和脸上还分别有两处大的棕色的斑点，好像是谁泼了茶到他身上似的。

我则每天傍晚才去停车场。这时太阳已西沉，穆勒嘉农舍也罩在阴凉里。我在草丛里伸个懒腰，趴在那个唯一

的垃圾桶旁边，这个垃圾桶已经被托福特刨了几十次。等太阳落山以后，我就跳到一辆汽车顶上。铁皮做的车顶很温暖，我喜欢温暖。

这样我们三个有时会结伴回家：老约翰拿着他那盛满硬币的收费盒；托福特已精疲力竭，至少像他想象的那样；还有我，一只自以为比谁都聪明的猫。

我承认自己有时看不起托福特。让我生气的可能是他恰恰知道"咬人事件"。今年的夏天不同寻常，这一点我也早有察觉。但偏偏托福特知道其中原因（或者他自以为知道），单单这一点，就让我颇为恼怒。

另外，我也确实听到一些风声。或者更确切一点儿，我其实没听到什么，但结果仍然一样：不再有大声关车门的声音（即使有，也很少）；不再有穿着艳丽的人们（即使有，也明显很少）；不再有舔着冰激凌爬城堡山的家庭；也不再有寻找斯托堡宝藏的孩子，他们往常都在断壁残垣

之间的草地上蹦蹦跳跳。每一本旅游指南上都有关于这些
宝物的介绍，但只有孩子们才相信这样的介绍。

七月里，整个斯托堡显得庄重而安静，她孤独地伫立
在一块巨大的岩石上。老约翰在他的停车场小屋里徒劳地
冥思苦想。一辆车也没有来，周围只有碎石。而我，对这
一切都毫无兴趣。

我的天，我关心的当然是另外的事情，比如充足的睡
眠、温暖的阳光、健康的饮食，等等。当然，我也注意到
了莫顿·科菲茨。莫顿有一次来访时，他的警犬布洛也气
喘吁吁地跟着穿过花园，这一幕刚好被我在芦苇房顶上看
见了。之后我便一直待在房顶，直到莫顿骑上他的公务自
行车朝里斯克方向驶去，而没拴狗绳的布洛则一路跟在自
行车旁。我现在还记得：布洛有着笔挺的牧羊犬嘴巴，并
随时都准备着要吓唬我们这些正派的猫。"卑劣无耻"这
个词就是形容布洛这种生物的。

所以，当莫顿和布洛离开时，我很庆幸，而且其他几次我也没碰见他们。我要么正忙于其他事，要么早已忘了布洛那让人不舒服的眼神。我总是这样，喜欢忘掉那些让我不愉快的事情。

莫顿·科菲茨肯定来过不止一次，他总是满面通红、气喘吁吁，警服也被汗水湿透。他也不止一次地爬上城堡山（也就是说，他拖着肥胖的肚腩走过城堡山上的桥）。他肯定还会抽出笔记本，咬着铅笔的一头，然后记下匿名通告。他甚至还多次去巡视过废墟，虽然有点儿不可想象。当然，他是让布洛巡视，不过每次都无果而终。

因为布洛总爱吹牛，他从警犬训练结束后一直就没调整过来。那次，他系着安全带从直升机上下来，然后又跳进二楼的窗户，之后他就自认为是一条超级警犬。问题是，他怎么会被分到散库斯岛，这个在波罗的海上，一年有半年冬眠的地方？更不值得一提的是，托福特对布洛简直顶礼膜拜。当然，一个对停车场这种活儿都会感到兴奋的家伙，还能指望他有什么其他的反应吗？

我猜，当急救医生从里斯克带着碘酒、纱布和胶布赶来时，托福特站在布洛旁边，一定激动得浑身发抖。我也可以想象，当托福特质疑地打量那些城里来的狗时，这些狗都戴着围巾，有教养地被牵在绳上，那时，托福特一定自我感觉像是警官一般。

当然，那些城里来的狗肯定是清白的，虽然他们在案发时也恰巧待在斯托堡，但他们中没有任何一个在第一次、第二次或第三次"咬人事件"时出现在现场，也没有任何一个被受害者确定为凶手。只有托福特每次都在现场，但是莫顿·科菲茨从来没有怀疑过他。这也可以理解：托福特的短腿是能跳跃，但是他肯定够不着膝盖以上的咬伤部位。

当然，我对此也一无所知。整个故事还未开始，我也还没有在故事里出现。

七月里的一天，当我正躺在穆勒嘉的信箱上晒太阳

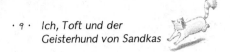

时，我看见托福特像一只被刺伤的小猪一样气喘吁吁地跑过来。"迪丝!"他大叫着（人们都这样叫我，虽然我很少回应）。"迪丝!"他又叫了一声，"那……那……"

是的，托福特紧张时就会变得口吃。

第二章
小心，幽灵狗咬人

"斯……斯……斯托堡闹鬼了！"托福特叫着。

原来是这样。不过，作为一只理性的猫，我还是要思考一下，尤其当这句话是从小个子托福特的嘴巴里说出时。那是一只笨到每天都会去上班的狗。

"哦，"我等托福特朝信箱这儿看了足够长时间后，随便应了声，"城堡幽灵，是吗？你看见他披的床单了吗？"我眯着眼看了看天空，那是散库斯特有的蓝色；天上有一些云，那是散库斯特有的白色。小岛正沐浴在阳光里，这可不是幽灵出没的天气。

"不，不是城堡幽灵，"托福特答道，"布洛说……"

"谁？"我插嘴道。

　　"布洛。"托福特迅速答道。他还想接着说下去，但是被我打断了："谁管布洛说什么呢。"可是托福特当然想知道，他什么都想知道。

　　他呆呆地望着我，并没有受委屈的样子。托福特从来不觉得委屈，因为他太关注周围的世界，而很少关注自己。

　　"布洛说……"托福特继续，好像我真的对布洛的新闻感兴趣似的。

　　"那家伙又来了？"我问道。打断托福特是件很容易的事儿。如果被打断，他通常不会接着说下去。托福特也不

会大喊大叫，除非要发出警报，比如那次有只狐狸穿过
草地。

　　"布洛已经在路上了！"托福特说着，还兴高采烈地摇
着尾巴，"他正朝这边走过来呢，我看见他了！"

　　"是吗?"我抬头朝路边望去。我喜欢看布洛行走的样
子，于是不再逃到芦苇房顶上，呼噜着，驼着背，这样一

点儿都不优雅。

他们真的上山来了。我看见莫顿·科菲茨红红的大脑袋出现在小丘顶上，像只大南瓜戴着一顶警帽。然后又看见他穿着制服的肩膀、自行车车把、他的大肚子和吃力前行的膝盖。最后是布洛，目光像杀手一般，跟着自行车一路小跑着。

我站起来伸展了一下，以便看起来不像逃跑的样子。我发现莫顿·科菲茨的行李座上有个奇怪的东西：一个柱子，上面还写了点儿什么；另外，莫顿·科菲茨的粗手指和自行车车把之间还夹着一把大锤子。

带锤子做什么？

这个搭配可真够酷的。于是，我站到了托福特的旁边。我不相信斯托堡闹鬼，不过好奇心却被吊起来了，反正现在也没别的事可做。

托福特朝布洛蹦跳着跑过去。我则躲在盛开的杜鹃花下面，看着莫顿·科菲茨骑到停车场上，在碎石块上摇摇

晃晃地停住，然后费力地下了车。

"约翰！"莫顿·科菲茨喊着，并把自行车停到收费处的旁边。

老约翰正坐在小屋里面，虽然今天一辆车也没来。

"约翰在吗？"

老约翰走了出来。他把鸭舌帽脱到后脖子上，挠了挠额头。

等他们四个——布洛、托福特、莫顿·科菲茨和老约翰——朝城堡山走去时，我才从花园里出来，上了大路。莫顿的自行车停在小屋旁边，锤子和那个特殊的东西却被他从后座上拿了下来，夹在胳膊下面。那个东西是木头做的，很大。

我跟他们保持着一段距离。他们四个沿着狭窄弯曲的小路朝碉堡桥走去，那后面就是城堡的废墟。

但是他们没走到废墟，而是在碉堡桥就停了下来。莫顿·科菲茨用脚探着路沿，然后把那个木头做的东西插进

土里，就在碉堡桥的前边。原来这是一个木牌。一段木头
柱子下面削尖了，上面钉了一个木牌。

老约翰扶着木牌，莫顿·科菲茨用锤子把木头柱子钉
进土里。弄完后，老约翰退后几步，看看牌子，然后摇了
摇头。托福特对什么都感兴趣。我跟他不一样，我不太了
解人的感觉，不过看得出老约翰此时不太高兴。等他要说
话的时候，我已靠得很近，足以听见他说的话。

"莫顿·科菲茨，这就是你要做的？"老约翰问道，
"没别的了？"

莫顿·科菲茨汗流浃背，他从制服兜里掏出一张很大
的纸巾，擦了擦额头，说："对不起，约翰，我只能做
这些。"

"人们看到这个木牌，肯定再也不会来城堡山了。"老
约翰抱怨道。

"他们也不应该来。"莫顿·科菲茨把纸巾又装回制服
兜，然后扶正了脑袋上的警帽。他清了清嗓子，像要谈工

作一样："警察局已经对此表示忧虑。我们要负责来散库斯岛游客的安全。现在，游客的安全已受到威胁。"

老约翰什么也没说，只看了看牌子。

"报纸上已经报道了，约翰。"莫顿·科菲茨补充道，"人们都在谈论这件事，所以现在没有游客了。"为了证明他说的是对的，莫顿又看了看空旷的停车场："我真的不知道能做什么。"

"哦?"老约翰吐了口唾沫，"那好吧。"他转过身，一言不发地上了小路。莫顿、布洛和极不开心的托福特看着老约翰一路走远，直到他走到停车场的小木屋里，然后砰地把门关上。

最后，莫顿·科菲茨捡起草丛里的锤子。他又仔细检查了一下木牌是否牢固，然后带上布洛走了。牧羊犬布洛走在莫顿旁边。这种恭顺样子的背后隐藏着他们随时发起攻击的可能。

　　等一切安静下来，我走近托福特和那个木牌，装作早晨散步时突然看见似的。

　　托福特坐在那儿，像粘在地上似的。我当然看也没看他一眼，而是认真地审视了一下那个木牌。

　　"什么?!"我惊叫起来。完全出乎我的意料，斯托堡竟然有一条我从来没听说过的狗。有那么一小会儿，我忽然想感谢莫顿·科菲茨曾经的警告。但是之后我又怀疑起来。

"这里闹鬼。"我对托福特说。

他仿佛现在才注意到我。与以往完全不同的是，托福特显得有些恍惚，好像忧心忡忡。这并不是托福特的风格，因为平常他总是乐呵呵的，有时甚至让我心烦。

"是在闹鬼。"托福特一脸沮丧地说。

"咬人的狗并不就是幽灵。"我懒散地责怪道。不能让托福特觉得我想主动跟他找话说，但我又不愿意直接问他什么。我其实只需要一些信息。在通常情况下，托福特都会把他知道的东西抖搂出来，像大多数狗一样，他不是称职的保密者。

但现在托福特沉默着，他呆呆地盯着那个木牌，一言不发。

我气得只好再试。"哎，我还从未听说过幽灵咬人呢。"我一边说一边原地踱步，好像本来要走，只是出于礼貌才待在那儿似的。

"你知道吗，幽灵大多数时候是看不见的?"托福特看

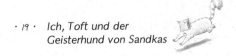

上去像是在跟木牌说话，而实际上他是在跟我说话。

"哪个幽灵？"我说完不禁有些生气，因为不小心还是问了他什么。

"那狗，那只咬人的狗。"从我站到托福特旁边，这是他第一次抬眼看我。我注意到他的脑袋小小的，眼里闪着亮光，还有背上那块棕色斑点，像被人泼了茶水似的。"其实牌子上应写'幽灵狗咬人'。"托福特嘟哝着。

是这样？我有些糊涂了。幽灵原来是一只狗！这太可笑了！我承认，作为猫，我有时会向人类保留一些秘密，因为猫本来就是谜一样的生物。如果他们乐意的话，真有可能成为幽灵四处游荡。但是狗？变成幽灵？这太可笑了！

"我猜那只幽灵狗又大又黑，让人望而生畏。"我用讥讽的口吻说道，并为又找回这种散漫而挖苦的感觉扬扬自得。

"你怎么知道的？"托福特问。我很高兴这次是他提出

问题。

"哦，我就是随便一想。"

"他咬了三个人，"托福特说，"一个男的从哥本哈根来，另外一个是柏林人，还有一个女的是瑞典隆德人。"他点着头，对自己的列举很满意，然后又气喘吁吁地补充说："急救医生都来了，从里斯克来的。你没看见吗?"

"我才懒得管这些呢。"我坐下来，小心地把尾巴放在爪子上，不再说话。托福特还想继续，我已经听够了。

"布洛每次都来侦查废墟……"托福特接着说。

布洛布洛，真够啰唆的，我心里有些厌恶。

"……但是那儿没有狗。你知道吗，迪丝? 什么都没有!"托福特的声音变得几乎刺耳。

"我猜那儿有很多游客，"我说，"没准儿他们有些人带了狗。"

"是的，"托福特附和道，"那儿的确有几个游客，他们还带了狗。但是那些狗后来都不在案发现场，游客带的

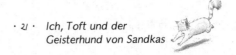

狗都不大不黑，而且也没几只。咬人总是在晚上发生，人不多的时候。"

"哦？"我回应了一句。案发现场的画面渐渐完整起来：三名游客在斯托堡被咬，而且都是在晚上。我不确定自己对此是否感兴趣。一句话，如果没有闹鬼，这故事无聊至极。对狗，我只在他们跟我胡搅蛮缠时才感兴趣；对游客，我一向毫无兴致。我鄙视那些围着陌生人打转讨巧的猫。即便在老约翰面前，我也始终保持距离。

"你说'哦'是什么意思？"托福特有些怀疑。

"'哦'就是'哦'呗。"我不耐烦地回了他一句。

"我不明白。"托福特略显失望。可能他还想接着讲闹鬼的事儿，直到汗毛竖立。我却认为这种故事太廉价，不值得浪费我的时间。

"这儿晚上显然有条狗跑来跑去，然后不知道什么时候咬了一名游客，而布洛又太笨，抓不住它。"

"布洛不笨。"托福特赶紧说。

"随便你怎么说。"我其实想让托福特明白，我对他的那些短腿见识丝毫不感兴趣。

我们蹲在莫顿的木牌前面，开始沉默起来。有那么一会儿，我以为自己终于成功激怒了托福特一回，可其实不是这样，他只是喘了口气。

"哪只狗在这儿跑来跑去?"托福特问。

"我怎么知道?"为了再刺激一下托福特，我开始漫不经心地捯饬自己，"也可能是卡斯托普家的牧羊犬吧。"跟老约翰不同，卡斯托普更喜欢做农民。他住在去里斯克的路上。他的牧羊犬常常在斯托堡附近的草地上吃草，比如在碉堡沟或者城堡墙那儿。

"卡斯托普早就没有牧羊犬了。"托福特果然什么都知道。

"是吗?"我不再捯饬自己了，"那就不是卡斯托普家的狗。"我不想让别人看到我不懂装懂的样子，因为这纯属例外。我宁可这会儿起身就走，留托福特自己在那儿，也不能让这小子占了上风。于是，我们又沉默了。我猜他这会儿正为自己的聪明沾沾自喜。我想找个合适的话茬儿，可一时偏偏想不起来。一阵风吹过，弄乱了我美丽的毛（托福特的毛太短了，根本吹不起来）。随着海风，一朵朵的云彩也从海上飘过来。

"老约翰觉得，如果挣的钱一直这么少，我们可能撑不过今年冬天。"托福特对着海风说道。

看吧，我心里想，托福特根本没为自己的聪明得意，而是在担心这担心那的。不过，等我明白他的话以后，确实吓了一跳："撑不过今年冬天！"

没有穆勒嘉农舍，没有温暖的火炉，没有像样的猫粮，也没有买猫粮的老约翰，那我将变成凄惨恶心的流浪猫中的一员。偶尔在噩梦里我会梦见他们：瘦骨嶙峋，穿梭在南边的沙丘林中，要么追逐同样瘦削的小鸟，要么在垃圾堆里刨东西吃，说不定哪天会撞到车上，然后像一团被雨淋过的毛一样死在路边。猫具有超强的适应能力，而

这能力也同样适用于困境。

我睁开眼睛，盯着托福特，然后叹了口气："没钱了？有这么糟糕吗？"

托福特看着远处孤零零的停车场，说："看，老约翰还坐在小木屋里，好像有人要来付钱似的。"

同情！我永远也弄不明白，托福特自己都性命难保了，却还在同情别人的难处。

"哎！"我叫道。我实在没预料到这些，准备跟托福特商量一下对策，毕竟涉及我们的口粮。接下来究竟是衣食无忧还是饥寒交迫？"哎，托福特！"我又叫了一次。但是他已经离开了，已朝停车场走了一半的路，耷拉着脑袋，正向老约翰的小木屋走去。

天气忽然凉了下来。头顶的天空聚起了浅灰色的云彩。我又朝那个木牌看了看，上面写着：

小心恶犬！

警察局警告不得入内。

可能要发生什么，我琢磨着。根据目前的形势，我不
能再袖手旁观。

第三章
侦查行动开始

　　散库斯岛上的天气通常是这样的：风吹来几朵云，温度便降下来，甚至会觉得冷。可一不留神，又日出云消，阳光灿烂，海面波光粼粼，海鸥欢呼翻飞。

　　我却丝毫没有要欢呼的情绪，而是躺在信箱上，因为那些嗡嗡叫的熊蜂（平常这种声音只会让我昏昏欲睡）而恼怒着。还有乌鸫、麻雀和白鹡鸰的叽喳声也让我心烦，甚至大海的波涛声也打扰我。是的，我在思考。

　　每次当我试图厘清线索时，比如晚上发生了三起"咬人事件"，凶手可能是一条无影无踪的黑狗，等等，我都会觉得背后有无数阴森的画面，让我毛骨悚然。我仿佛总能看见那些恶心垂死的猫，正在等待生命的最后时刻。

等到老约翰和托福特回家时，我已心力交瘁。不出我所料，他们一辆车也没有等到。

家里的气氛也让人沮丧。老约翰低着头缓缓地走过花园，托福特平常一向走在他前面，今天却悄悄地跟在身后，连招呼也不打，就从我身边走过。老约翰推开农舍的大门时，门仿佛发出沉重的叹息声。这会儿谁还有兴致走进厨房，跳上水池，催着要吃的呢？

听上去有些荒谬，可一想到将要挨饿的后半生，我就没胃口吃饭了。托福特也是如此，他躺在冰冷的炉子前

面，脑袋耷拉在爪子上，眉头紧皱，眼神空洞。

老约翰随便翻了会儿报纸，不到时间就去睡觉了。我听见小浴室里的水流声，然后是拖拉的脚步穿过狭窄的过道的声音，接着就有老约翰钻进羽绒被的窸窸窣窣的声音。

这对托福特来说也是个信号。他没跟我道声晚安，就进入卧房了。我听见他叹着气在床前垫子上扑通一声躺卧下来。

现在确实安静了（没有熊蜂，没有麻雀，也没有大海的波涛声），但我始终没有理出头绪来。我呆呆地蹲在窗台上，就像那个有浅蓝色条纹的渔船模型一样。一种莫名

的孤独感涌上我的心头。

我其实很少感到孤单。通常，我喜欢独处，并且享受不被人打扰的夜晚时光。但是今晚我却毫无兴致，只是怔怔地看着窗外。

在下雨或寒冷的夜里，我从不出去。如果夜晚温暖，我有时会穿过厨房，钻过后门的猫洞来到花园，然后在这里溜达几圈。在这北方的夜里，夏日的天空会有极光，大地上所有的东西——树木、岩石、城墙的废墟、间或出现的鹿，还有我自己，都会变成一个个剪影。

或许这还真是个好主意：我可以出去再侦查一番，总比整夜留在屋里，蹲在窗台上要好得多。我在窗台的小船旁边已冥思苦想了一天，也没想出什么头绪。我应该利用这个夜晚，查个究竟出来。我得上城堡山再侦查一次！

起初我觉得这个想法相当不错。想到无能的布洛，我觉得自己今晚就能抓到那只幽灵狗。这个计划听起来很让人振奋。但是一转念，我心里又蒙上了一层阴影。我想象

着自己走在城堡山上，不禁十分恐惧，仿佛感到脖子那儿有温热的呼吸，那不一定是幽灵狗，但的确是一条大狗，身躯像布洛，是的，他是个杀手。

要不还是待在家里的窗台上，再耐心等待几天？说不定这事儿会自行解决，或者莫顿·科菲茨重整旗鼓，不用多久就能跟布洛一起抓到凶手？

可惜我不相信这个，至少蹲在窗台上，我承认我只相信自己。布洛或许得有一架直升机，才能跳到那只咬人的幽灵狗身上。说不定托福特都比布洛勇敢。

托福特的确有勇猛的一面。比如老约翰要是不阻止他，他会追着攻击毫无防备的狐狸。托福特也会对那些城里来的狗狂叫一通，尤其当他们刚从汽车上下来，跳到停车场上时。还有面对那些身躯比他大十倍的圣伯纳犬，托福特也从不畏惧。

不是说托福特本来就很勇敢。勇气来自对危险的认识，而托福特因为过于热情常常缺乏这种认识。因此，我

觉得他可能是跟我夜里一同侦查的理想伙伴。想到托福特
在城堡山上被幽灵狗追逐，我还是可以忍受的。我在窗台
上满意地呼噜了几声，突然灵光一闪！

"托福特?"

他蜷成一团，在床前的垫子上睡得很沉。

"托福特?"我又轻轻地叫了一声，因为不想吵醒老约
翰，他正伸展四肢仰卧在床上。

"哎，托福特!"我虽然喜欢舒服，但不太有耐心。

托福特睁开了一只眼睛，确切地说，眼睑开了一半。

"听见了吗，老狗?"

"迪丝，怎么了?"托福特听上去还睡意沉沉，这让我
大为恼火。毕竟是他喋喋不休地讲了幽灵狗和经济危机的
蠢话，弄得我睡意全无。而这会儿，他又像什么都没发生
似的呼呼大睡！

"托福特，你得起来!"我叫道。

"现在?"

("不,后天,你这个小笨蛋,所以现在我就站在这儿了。")我当然没有这么说,而是很有外交风范地回答道:"是的,就是现在! 快点儿!"

"为什么?"托福特至少现在两只眼睛都睁开了,我认为这是局部胜利。

"因为我们现在得去城堡,亲自侦查。"我说得很坚定,一字一顿。我都为自己感到骄傲了,这个迪丝,无与伦比!

"你看不到那只狗的,他是个幽灵。明白吗? 看——不——见。"

我简直不敢相信自己的耳朵,这个小短腿竟然也放肆起来! 我使出激将法,让托福特觉得他会错过一件重要的事,他一向担心错过什么。"那我自己去喽,你接着睡吧。"说着,我就转身翘着尾巴进了厨房。

"等等,迪丝,等等我!"

　　我听见托福特的爪子已经在抓地板，就决定再刺激他一次，于是加快了脚步。

　　我一下就钻过了猫洞，站在花园里。我的脚下是草坪，后面是农舍漆黑的屋顶，而头顶是略微发光的天空。

　　"迪丝，等等！"我听见托福特已经进了厨房，然后滑过猫洞，他走路一向不太优雅。

　　"哦，"我应了一声，权当问候，"你还是决定要去？"

　　托福特只好忍受我的讽刺，他又占下风了。"你真的要去城堡？"他问道。

　　托福特朝废墟方向看着。从农舍后的花园可以远远望见巨大的外衣塔，外衣塔是一座巨大的砖石建筑，超出岩石大约六层楼高。裸露的墙壁上有洞眼，这些洞眼曾经是窗，现在仍有北方夜空里的光穿过，外衣塔因此像是长了许多眼睛似的，白色的、像幽灵般的眼睛。

　　"你害怕吗？"我问托福特。本来我是不向托福特问问题的，但这种问题不算，因为这与其说是问题，不如说是

逼托福特给出我想要的回答。

"我不害怕,"托福特还算聪明,"当……当……当然不怕。"

"好。"我一边说着,一边纵身跳过花园的篱笆。我喜欢在托福特面前做这个动作,因为他不会,他只能钻过自己刨的洞,不然根本穿不过篱笆。

第四章
一个幽灵出现了，还有一个

　　我们离开穆勒嘉农舍，穿过主干道和停车场，然后就上了通往城堡山的蜿蜒狭窄的小路。我走在前面，托福特拖着小短腿跟在我身后。户外温暖得出奇，没有一丝风，海面也平静安详，波涛不是沙沙作响，而是低声细语。

　　我们越靠近斯托堡，斯托堡越显得巍峨高大。被风化的墙垣黑黑地逼近我们，外衣塔像是在盯着我们。听到托福特在我身后喘着粗气一路小跑，我感到颇为满意。

　　我们很快就来到了老街上，深深嵌入路中的石头已被磨平，很久以前可能有马车在这里颠簸着路过。当经过莫顿·科菲茨装的牌子时，我并没有因为牌子上的文字而感

到安全。然后，我们就来到了碉堡桥。

碉堡桥下面不再是水沟。以前曾经有水的地方，现在都长满了青草。卡斯托普的羊群有时会在这里吃草，有时也会到城堡山陡峭的斜坡上。

我想起来，卡斯托普家已经没有牧羊犬了，也可能有一些狗在这里出没。狗和羊的关系有时很奇怪，这也是狗性格扭曲的一个方面。

我跳到碉堡桥上的空地，为了看看羊群，也为了等等托福特。他的小短腿还没跟上来呢。

我终究没有找到羊群，或许他们在哪个斜坡上，或许已经睡觉了。我一边散步，一边思考着：羊这种草食动物真是奇怪，他们总是谦恭知足，而知足对我来说就很莫明其妙。

在桥头，我终于又看见了托福特。他嘟哝着："我跟你说过，这儿没有牧羊犬了。"他竟然也想到这些，大大超过我对他的估计。

我懒得搭理托福特，而是眯起眼睛朝城堡门望去。那里早已没有什么城门，只有破碎的门拱。斯托堡有点儿像迷宫：先得通过一座桥，然后再穿过门拱。墙内有墙，好像树的年轮。

我竖起耳朵倾听。这就是斯托堡废墟的最里面吗？只有沉默不语的石头。斯托堡显得固执而烦躁，好像对我们的夜间到访很是不悦。或许他本来就不能忍受游客的搅

扰，那些游客顶着太阳在城堡山上散步，并在曾经拴马匹的地方摊开桌布野餐，这里也是以前放洗涤木桶和站岗换班的地方。或许，斯托堡对幽灵狗和莫顿·科菲茨安装的木牌很满意，因为这样终于不再有游客和野餐桌布了，终于又恢复了墓地般的宁静。

我后脖子上的毛竟然竖起来了。我不应该再胡思乱想。托福特只是鼻子紧贴地面，可能他闻到了最近一次野餐的味道，还有游客带来的狗留下的粪便的味道。

"我猜没什么特别的。"我说这话，其实是问托福特是否侦查到任何蛛丝马迹。

"海鸥。"托福特喃喃自语。这说明他也没有闻到什么。

我鄙视地看了他一眼，然后朝城堡门出发了。那里的过道很是狭窄，越往废墟的内部走近，城墙越变得高耸而拒人千里。即使是在炎热的日子，城堡的内部也比其他任何地方阴凉。

我走进草里，觉得像踩在地毯上，不过至少可以避开那些冰凉的石头。

托福特就在我身边，他显然比我更觉得不舒服。"我……我……我们真的要现在进去吗？"他结结巴巴地问道。

狗总是要询问指示，这一点我本不喜欢，但此刻是要问我的命令，这倒让我颇为得意。

我并没有马上回答，而是打量着废墟里保存得最好的三座建筑：左边的仓房（可能正对着穆勒嘉农舍）、带有阶梯状山墙的南塔，还有中间的有很多洞眼的外衣塔，中间的外衣塔显然是这里的统治者。

我前前后后看了一会儿，发现边上有一座楼梯，这座楼梯在仓房边通向一个平台，游客从平台可以眺望海上的悬崖礁石。这个瞭望台很适合我们目前的行动。

"我们到那个平台上去，"我对托福特坚定地说道，"我们去那儿侦查一下。"

我的计划无懈可击，但是天公不作美。像任何大洋上的小岛一样，散库斯只是水和风的玩具。海上一阵大风吹过，小岛便会凌乱不堪。巨浪拍打着海岸，天气甚至会每小时都不一样：时而有冰冷的激流，时而有厚重的云层，时而又有别处飘来的炎热的空气。

天气真是复杂无比，即使对我这种智商极高的猫来说都觉得不可预测，尤其是当我要专注于其他事情时，比如传说中的幽灵狗。

我和托福特沿着仓房边长满杂草的台阶爬上平台，暂时守在这里。我们背后是城堡沟、停车场，还有安静祥和的穆勒嘉农舍。

我们向前眺望城堡山的大片空地、外衣塔，还有保存完好的海边城墙（有门拱的那一面）。这段城墙绕城堡山一周，末端有三棵高大的橡树围着一个池塘。很久以前，当骑士、维京人或海盗围攻城堡山时，这池塘是城堡山的

水源。

然而，今晚只有浓重的雾气包围，是海上飘来的雾。通常，前一刻还没看见雾，后一刻雾便像湿布一样把散库斯岛裹得严严实实。这样诡异的天气让小岛防不胜防。

托福特虽然就站在我旁边，这一刻也像裹了轻纱似的模糊不清。我突然觉得自己像泡在牛奶里的碎渣，无助地待在那儿。雾气将废墟全部裹了起来。

"迪丝？你还看得见什么吗？"

我只看见一些轮廓，除此之外，什么也看不清。海边的城墙黑黝黝的，外衣塔像一个棱角分明的巨人，根本看不出是否用石头做成。

就在这时，我听见有尖叫声，声音很远却极具穿透力，至少对我的灵敏的耳朵来说是这样。

"迪丝，什么声音？"托福特也听见了，他害怕得忘了掩饰自己的情绪，差点儿要来搂住我的脖子。

是啊，见鬼，是什么声音呢？到底是尖叫还是呜咽？我凝视着大雾，什么也看不见。一样东西如果只能听见却看不见，就显得更加阴森恐怖。不过至少那个声音没有靠近我们。

"是……是……是那只幽灵狗吗？"托福特多余地问道。我真想把他的脖子拧下来。我努力地保持平静，不至于大叫逃跑，他却开始讲幽灵的故事。

"狗是不会呜咽的。"我本来想这样说，但是忽然想起来，托福特有一次不小心把短尾巴夹在猫洞里，也发出这个声音。我多少安了安神。

"谁知道是什么！"我怒吼着，同时又尽量克制着自己。叫声好像从大海的一侧传来。有一会儿，我甚至觉得是金属的声音，像生锈的钩子摩擦生锈的金属圈发出的声音。

我摩拳擦掌，准备去探个究竟。像在老鼠洞外等老鼠出洞一样，我先卧下来，紧绷肌肉，然后清了清嗓子，准

备发号施令。

就在这时，我看见了那个驼背的黑影，被雾笼罩着，正走在城墙上！那个黑影很快就消失在环绕池塘的橡树后面。虽然只是一瞥，但足以让我心惊胆战。我的叫声一定不那么动听，可能像一个落水的人在挣扎着换气一样。

"呃……呃……"托福特也好不到哪儿去，他喘着粗气，结结巴巴。一切都变得乱七八糟。"你……你……有没有，"托福特的声音听起来像拉风箱似的，"你有没有看见那个驼背的影子？"

我的天哪，我当然看见了。我本来以为会是一只狗（不是幽灵狗），但实际上却看到一个斯托堡的幽灵，驼背，像大怪物似的四处行走。很可能在我们发现他之前，他已注意到我们。说不定他现在就躲在橡树后，只是为了寻找掩护。也说不定他已经行动起来，正穿过浓雾朝我们这里走过来。

我准备逃跑，略微想了一下，应该从斜坡那儿下去。

我可以跑到露台的一端，然后跳下去，直冲穆勒嘉农舍。
我已经打算不管托福特了，他竟突然出现在我面前，跳下
了台阶。

　　我跟着他冲了下去，并在草地上追上了他。我们站在
台阶下面，静立在浓雾里。

　　我们等了一小会儿，然后朝三棵橡树那儿望过去。除
了雾还是雾，什么也看不见。

"我们跑吧，"托福特小声说道，"好不好？"

这会儿不是商量的时候。我已经朝着门拱飞奔起来。由于大雾，我几乎看不见门拱，但是我的腿还认得那条路。

我也看不见托福特了，只听见脚步声。有人大步流星地跟在我后面。这很不像托福特，他的小短腿只能小跑着前进。

然后我又看见托福特了，胖乎乎的一团白色在飞速前进。他其实并不在我身后，而是在我前面！他朝着门拱飞奔，而且不是超过我后再跑过去的！也就是说（这点思考能力，我幸好还有），我身后还有一个东西，因为我一直听见有大步向前的声音！甚至还有呼吸声！我后面的——那一刻我几乎吓晕了——原来是另外一只狗！一个大家伙！

我不知道自己怎么下的城堡山，然后穿过城门，跟着托福特，飞奔上小路，踩着那些嵌入路面的石头，最后终于回到停车场上。我听见自己喘着粗气，但幸好不再有那只大狗的声音！他已经放弃了跟踪。

等呼吸平静以后，我紧紧盯着碉堡桥，想看看那个跟踪者如何飞奔过桥。但是周围一片安静，令人生疑的安静。然后……

"迪丝？"

我尖叫起来，好像有人踩了我的尾巴似的。我跳起来，身上的毛也由于恐惧而根根竖立，我龇牙大叫："托福特，你这个笨蛋！"

我讨厌被突然袭击，我认为恐惧是我的一个弱点，而且我通常不喜欢自己的毛竖立起来的样子。"你为什么蹑手蹑脚的？"我这不是疑问，更像是责备。

托福特内疚地低下头。我们就这样沉默地站着。除了我的愤怒和一些雾气，什么都没有，当然还有刚才的经历。

　　"你也听见了，是吗？"托福特终于开口问道，"我……我是……说那只幽灵狗。"

　　我不愿意回答这样的问题。看着托福特和他头上的棕色斑点，我意识到我们俩都有问题，一个严重的问题。

第五章
侦查行动扩大

太阳的威力无比，早早地升起后，所有的东西，包括海上的雾气和那些鬼怪全都遇到了麻烦。昨夜的大雾已经消散，甚至像雪一样融化了，随之融化的还有那些妖魔鬼怪。斯托堡又恢复了以往的模样，仿佛几百年来一直如此：一堆坚固的石头，上面有光秃秃的岩石。

这天早上，我不停地向城堡望去。太阳升得越高，我的疑虑就越大：昨晚真的见到那个驼背了吗？我身后真的有一只看不见的幽灵狗跟踪过吗？

昨夜好像很黑，很恐怖。还有托福特讲的那些关于幽灵狗的蠢话，让我事先就充满恐惧。我们只是陷入了一个恐怖故事！天哪，我还尖叫了！我又朝废墟那里看了看，

一切都是我们自己想象出来的!

我对自己的解释颇为满意,几乎又回到我一直以来的平静状态。我甚至想去信箱那儿,我的老地方,好像昨夜根本就没有去过斯托堡一样。但是有一样东西破坏了我眼前的计划,那就是托福特。

我不想见到他,因为他也看见了那个驼背的大怪物,也像我一样听到了狗的叫声。托福特甚至还会问我(他也有权利这样做),狗和猫假如在同一时刻有同样的幻想,会怎样?

想到这些,我变得烦躁起来。我没法放松下来晒太阳,只好蹲在花园后面的雨水桶旁边。我生托福特的气,也生自己的气,因为不敢去信箱那儿,怕看见托福特,他这会儿肯定又去停车场了。

接下来的情节我可以自己想象着描绘一下:我刚躺到信箱上面,托福特就跑来要跟我重温昨天的故事。即使我设法让他相信一切都是杜撰的,比如我可以说"你疯了,托福特"，接下来仍要面对的问题是莫顿·科菲茨的木牌、空空的停车场，还有冬天可能要挨饿的残酷。

天哪，我根本无法逃脱！中午的太阳直射房子后面的空地，正是我昨晚待过的地方：我得做点儿什么！

但是做什么呢？我们已经侦查过了，城堡山也去过了，现在带着令人沮丧的消息回到穆勒嘉。

好吧。实际上，我只要一闭上眼睛，就会看见那个驼背。他从外衣塔跑到三棵橡树边上。恐怖！极其恐怖！

"你在这儿！"

就像夜里一样，我尖叫起来，好像有人踩了我的尾巴似的。然后我跳起来，身上的毛也由于恐惧而根根竖立。我龇牙大叫，甚至用了跟昨晚一样的话："托福特，你这个笨蛋！"我的恐惧仍没有消除。

托福特站在我面前，还摇着尾巴！我继续骂骂咧咧："如果你觉得我在否认昨晚发生的一切，那你错了。别那

么一副蠢兮兮的样儿。我对天发誓，我看见那个驼背了，也听见狗叫了。一清二楚！"

或许托福特不明白我为什么对他发如此大的火，他根本不知道别人在想什么。他也无法想象，如果没有他，我此刻肯定像没事儿似的躺在信箱上晒太阳了。

"当然，"托福特有些不解地说，"当然是这样。"

"我就是这个意思！"我大叫道。我觉得委屈，与其说是因为托福特，不如说是整个事件。木牌、幽灵、看不见的狗。我觉得生活被弄得乱七八糟了。

"或许我们应该告诉布洛。"托福特总是说一些多余的话。

"布洛？"我又吼起来，我要神经崩溃了，"你不是当真的吧？"

"当然是真的。"托福特嗫嚅着说，他总是诚实得可怕。

"布洛有大把的时间去找驼背和幽灵狗。"我生气了。

"可能吧。"托福特答道。他连吵架都不会。

"可是，"我听见自己的声音又高了八度，"是谁找到驼背的？还有看不见的狗！是那个所谓勇敢的布洛吗？"

"不是，当然不是布洛，是我们。"托福特有些懊悔。

"那么，就这样。"我没好气地说。

"但是……布洛……你知道，"托福特还不肯罢休，即便作为崇拜者，他也很忠诚，他想保护布洛，"布洛必须做莫顿·科菲茨命令的事情。如果……那么……"托福特开始结结巴巴："布洛不会随便离开莫顿，又很快跑回去。晚上，像我们一样。"

"不会吗？（这不是真正的提问。为了不让托福特觉得自己太重要，我总是不问他真正的问题。）我知道有只警犬就会这样做，而且有过之而无不及。"

"真的？"托福特喜欢听故事，对故事的渴望常常让他忘记周围的一切。就像这会儿，他忘了自己本来要为布洛辩护。

"当然是真的。"我的语气中充满责备，好像是托福特的错：他只知道布洛，而不知道我说的那只警犬。"大家都认识他，艾斯本·安可，"我故意强调了一下名字，"艾斯本·安可在整个岛上都很出名。"

"是吗?"托福特眼里放着光芒。他热衷于听英雄故事，喜欢被英雄感染，这跟我不一样。他乐于崇拜别人，而且也在不停地寻找崇拜对象。

我伸展了一下身体，笔直地坐着，把尾巴放在爪子上面："相信我（好像托福特一向不相信我似的），跟艾斯本·安可比起来，布洛不值一提。"

托福特看着我："你说他叫艾斯本·安可?"他慢慢地让这个名字在舌头上融化，试图检验这个名字是否响亮。英雄都需要响亮的名字。"托福特"肯定不行，"迪丝"听上去太短，太危险。

我对自己的表现非常满意，仁慈地向托福特点点头："艾斯本·安可是布洛的前任，我说的是作为警犬。"

"他是跟着莫顿·科菲茨的吗?"托福特有无限的好奇,准备打破砂锅问到底。

"什么呀!"我有些生气了。莫顿·科菲茨用狗绳牵着艾斯本·安可,这是多么愚蠢的想法。"没有,艾斯本·安可跟过的警察已经退休了。"我小心翼翼地措辞。艾斯本·安可"属于"谁的想法让我很不愉快。跟托福特不同,我甚至觉得自己也不属于老约翰。

"那艾斯本·安可已经死了,是吗?"托福特一点儿时间概念都没有。对我来说,已经过去的事情都很麻烦,我也无所谓,但是我至少知道两年前和一百年前有什么区别。而托福特不知道,对他来说,过去意味着遥远的从前。

"我不认为艾斯本已经死了。"就在这时,一个新的念头出现在我的脑海里。

我眯着眼睛看了看天空。诚然,我已经好久没见到艾斯本了,但话又说回来:我们怎么会见面呢?我很少离开

穆勒嘉，他也不会上这儿来。来干吗呢？散步，看斯托堡？像那些跟着游客来的系着围巾的狗一样吗？

所以，艾斯本可能还住在里斯克。回想从前灰暗的年代，我还不认识老约翰时，我甚至能记起艾斯本住在哪里。

"迪丝？"托福特显然还在等着谈话继续。但是我根本不看他。我望着岛上湛蓝的天空，欣赏着我崭新的计划。不错，计划里有个瑕疵，就是我得请一只狗帮忙，这我还从来没有做过。不过，特殊事情需要特殊安排。

我满意地哼哼了两声，整个事情又有把握了。我甚至打量了一下花园，欣赏那些从一朵花跳到另一朵花的熊蜂。我也不再生托福特的气，他这会儿还一直充满期待地看着我呢。我打算再来一次突袭。

"托福特，"我说话的语气友好得甚至有些夸张，"我们两个一起去里斯克，现在就出发。"

第六章
一只可恶的猫

我们穿过古老的救生通道,这是悬崖边上的一条小路。从前渔夫们在这条路上张望船只是否遇难,或者是否有海盗出现,如今只有游客经过这里。

但是游客不再来斯托堡,至少不再开车过来。这条路给我和托福特预备了宽敞的通道。话虽如此,托福特实际上每走几步就停一停。

"迪丝,你觉得我们真的可以这样跑开吗?"他听上去很凄惨的样子。我们刚刚上路,他就惹我发火。

我随便应付着回答:"天哪,你还会回来的。搞得我们像要移居他乡似的。"

"可我就是这个感觉,迪丝。"托福特有时诚实得不可救药。

我蹲下来，不是要给托福特时间，而是想让他知道我有多生气。我们离开穆勒嘉还不到五分钟，他已经开始想家，而且还为留老约翰独自一人而觉得内疚。停车场小屋还看得见，太阳照在小屋上，老约翰肯定也待在里面。他一定还没察觉，我们已离开了。

我对自己说，托福特从来没有自力更生过。狗的特性使他始终不离老约翰半步。要是哪天托福特去里斯克，那一定是跟着老约翰去的。他总是跟在老约翰嘎嘎作响的自行车旁，一路小跑着过去，然后就竖起耳朵等在商店门口，直到老约翰买完东西出来。而我从来不会等老约翰，我谁也不等，我也从不等待。

"我们是不是可以继续赶路了？"这不是询问，而是警告。

无数次了，托福特伸着鼻子嗅风中的味道："迪丝，那个地方不远，是吧？"

"不远，托福特。"我说道，同时惊讶于自己的声音变得如此温和。我一方面享受托福特的焦虑：我敢去里斯克，而他不敢；另一方面，我也的确喜欢不时出来散散步。"出发吧。"我站起来重新上路，托福特还在背后喊着什么，但我根本听不清楚。

散库斯的夏天让人觉得很舒服。海水变成矢车菊般的蓝色，我喜欢的颜色，而且举目皆是。我也喜欢看海水摇曳的样子，看浪花上的白沫，还有黑黝黝的岩石。

斯托堡旁边的岩石很陡峭，而穆勒嘉农舍旁的，还有通向里斯克的路边的岩石就很平滑，慢慢地延伸开来，好像是被泼出去似的。有些岩石伸向远远的大海，窥探着海浪。它们在阳光里闪烁耀眼，通常是海鸥最喜欢的地方。

浪花深处一定是冰凉的，而靠近岩石的浪花则很温暖。如果嗅觉灵敏，甚至能闻到这种温暖，像晒干的草香，也像开满鲜花的草原的味道。

小鸟在树丛中啁啾，蟋蟀也在鸣叫。不管我走到哪里，蟋蟀都会画出高高的弧线，远远地跳开，只剩下弯曲的草茎。海风轻轻地抚摸着我身上的毛，跟在我后面的托福特则喊着：

"迪丝？迪丝，等等我！"

我原本没想，但还是放慢了脚步。我始终相信，托福特一定会跟着我跑的。

托福特刚平静下来，紧接着就问："你跟艾斯本·安可熟吗？你们以前是朋友吗？"

"托福特，艾斯本·安可是一只狗，"我冷漠地回答，继续前进，"而我是一只猫，你没看出来吗？"

"是的，是的，那当然。"托福特在我身旁跟跟跄跄地走着。他没注意脚下的路，而是认真地听我说话。过了一会儿，他又说："但……但……我也是一只狗。"

"这不是废话嘛。"我加快了脚步。

"是啊。"托福特继续说着。他根本不知道应该闭嘴，

也不知道我已经发火："我的意思是，虽然你是一只猫，我是一只狗，但我们仍然是好朋友，对不对？"

我突然停了下来，深深地盯着他的眼睛。

托福特变得犹豫："我们是好朋友，对吗，迪丝？"

我仍然盯着他。

"难道不是？"托福特问。

我承认，我无比惊讶。托福特怎么会冒出这么奇怪的想法！我和他是好朋友？我打量着他小脸上的棕色斑点。"我们得赶路去里斯克，托福特。"我应和了一句，避免说出更糟糕的话。

去里斯克是由上往下走。小城像台阶一样建在岩石之间，所有的道路都往下走，一直延伸到港口。

我和托福特绕过一块突兀的大岩石，忽然就望见了那些酒红、青灰或金黄色的房子，其间有白色的风车和灰色的教堂屋顶。码头边还漂浮着白色的船只，船上可见桅杆和飘扬的旗子。

港口旁边就是停车场，熙熙攘攘的车辆在日光下显得格外耀眼。我从远处就听见车门的声音。显然，那些不再去老约翰停车场的游客都来这里了。

我和托福特很快就踩着发烫的柏油路面穿梭在狭窄的小巷里，巷子两旁的房子的墙基都涂成茶色。我们同时还得提防不被身边众多的游客踩到。

我很快就觉得无比烦躁。游客们总是走走停停，我们也不得不绕开他们，同时绕开那些摆在街上的摊子，上面摆满了许多没用的小东西：手镯、项链、T恤衫、杯子什么的。游客们用可笑的认真检验着这些小玩意的质量。另外还有吱吱作响的转架上的明信片，以及餐馆门口用粉笔写的菜肴介绍。最多余的当然还是路上那些数量众多的狗。

对我来说，这很不利。即使是从哥本哈根、柏林或者隆德来的狗，他们系着围巾，也通过了行为规范考试，但

对待我们猫还是很不友好。穿过里斯克的小巷，对我来说简直像遭受夹道鞭刑。

在一个首饰店门口，一只里恩波格犬，浑身长着浓密的毛，差点撞倒他的戴墨镜的男主人。还有一只吉娃娃，躲在一张卖纪念品的小贩的桌子下面，准备突袭我，我差点儿没看见这家伙。最多余的是托福特看到那只吉娃娃对我乱叫，也开始报复性地狂叫，这下四周突然响起此起彼伏的狗叫声。那只里恩波格犬也掺和进来，一只白色的牧羊犬（布洛的无色版）开始沙哑地乱叫，还有一只西伯利

亚雪橇犬也不怀好意地叫着。

被这一阵狗叫驱赶着，我和托福特终于拐进了一条幽静的小街，希望这条路是对的。无论如何，我再也不想回到刚才乱糟糟的地方了。

我记得艾斯本住在一座涂成深红色的房子里，周围有石砌的墙和修剪过的树篱，房前花园很宽敞，种满了花。我必须得找到这座房子。

"艾斯本·安可真的住在这里吗?"托福特问。他总是这样，还没见到，艾斯本已经成为他的英雄，艾斯本住的

房子也俨然是文物。

我嘟哝了两句。还没找到那座房子，我也懒得解释太多。

蓝色的、黄色的、红色的房子，就是没有一座带前花园的。我们只好继续找，我走在前面，努力眺望着。托福特跟在后面，可能像游客一样。他很轻松，而我却觉得任务艰巨。我必须找到那座房子。

我几乎要对托福特的肤浅和无知发火了，这时突然看见了那座房子：石块做的墙基、树篱、鲜花、红色——就是它！

"到了。"我说，好像从来没怀疑过马上就能找到似的。

"哦！"托福特感叹着，好像面对的是一座有名的大教堂。"现在做什么？"他问。

我其实也不清楚。猫从不按门铃或敲门。他们也不会拿着花束或者端着蛋糕去做客。他们从来不被狗邀请，也只有在极其紧急的情况下才会进入陌生人的房子。

我朝篱笆那儿瞥去，然后沿着墙脚走了一段，忽然发现花园的小门半开着。我溜了进去，托福特当然也紧跟着我。其实我不知道这样好不好，一方面我挺高兴有个伴，另一方面万一事情不顺利，又不想有证人在旁边。

一阵沁人心脾的花香袭来，目光所及全是玫瑰花，红的、黄的、白的，还有带刺的玫瑰丛。花间有无数的嗡嗡声，主要是蜜蜂（像停车场上的托福特一样热情），还有熊蜂（像大多时候的托福特一样笨手笨脚）。

我朝门口望过去，蓝色的门紧闭着。我又看了看玫瑰丛下的阴凉地儿。

果然有什么！

可惜不是狗，是一只三色猫。我认为所有的三色猫都很麻烦，而眼前这只果然来者不善。

看她在我面前一副趾高气扬的模样：先是准备吵架似的坐下来，身体笔直，下巴伸长，一句招呼都不打，然后

心平气和地把尾巴放到爪子上。好像我压根儿就不存在!

狂妄自大,卑鄙无耻!我真想放弃原来的计划,忘掉那个驼背、幽灵狗、莫顿的木牌、空空的停车场和即将到来的冬天。我宁可饿死,也不跟眼前的这只猫来往。

但是几乎在最后时刻,她突然开口了:"我猜你们是走错路了吧!"

我讨厌这种自以为是的说法,这个目中无人的家伙明明可以简单直接地说:你们要做什么?或者再客气点儿:需要我帮忙吗?但是这些她根本没想到,而是非常无礼地说:"我猜你们是走错路了吧!"

"绝对没有,"我回答,"我们就是要来这儿。"我心里想着,你现在知道了吧。

"哦。"那只三色猫的眼神离开我,她望着天空,好像除了蓝色还有别的东西可以发现似的。

我愤怒至极,花了好大的控制力才继续说下去:"我们来找艾斯本·安可。"

我朝托福特看了一眼，希望他能分担我对这种无礼待遇的愤怒。但是托福特一如既往地平和包容。令我惊讶的是，他甚至认为这只猫的行为很正常。

他实在不了解猫，我想，尤其是对盛气凌人的猫毫无经验。

"哦。"那家伙好像话很少。"哦"已经说过了。

"呃，"我回敬她，"就是这样。"

三色猫仿佛生了疥疮，这会儿竟然开始整理自己的毛！"艾斯本·安可不在这儿。"趁着不再用舌头去找身上跳蚤的当儿，她轻描淡写地说道，"还是你们见过他？"当然，她不是真的询问，而是羞辱！

我受够了！我丢下那只三色猫，起身而去。

"那能不能请你告诉我们，艾斯本在哪儿？"托福特说。好像如此礼貌还不够，他还摇着尾巴！

我真想对着他的咽喉一脚踢过去！他怎么这么笨？他怎么能让我们受这种羞辱？还用了"请"！我的天哪，他

竟然说了"请"字！

那个三色家伙当然很满意。轮到她发话了。我笨拙地站在那儿，甚至得转过身去听她回答，如果她真能答得出的话。

"艾斯本在海边，沙滩那儿。"三色猫说，"不过你们得知道，他已经不接案子了。"三色猫说着站起来，伸展了一下，正准备继续她的蠢话，但我已经不想听了。

我已蹿到花园门口。她还想说什么，只好大声喊着："如果你们真遇到了麻烦，艾斯本是不会帮你们的！"

第七章
在海滩上

去海滩，也就是说，还得穿过那些熙熙攘攘的游客。我现在已经出离愤怒了，都怪那只三色猫，无礼至极！

"蠢货！怎么可以这么高傲！"我骂骂咧咧地走在杂货摊小街上，这条街直接通向码头。

我一边抱怨一边绕过那些游人。一个小姑娘差点儿被我绊倒。我对着她狂吼："滚开！"

"妈妈，这只猫好凶！"小姑娘喊道。

"你觉得她说得对吗？"托福特问我，因为我在那个小女孩旁边停了下来。

"你说那个小姑娘？"我问托福特。

"不，不，"托福特安慰我似的摇着尾巴，"我是说那

只猫，三色猫。"

"她胡说八道！"我又咆哮起来。

"那艾斯本·安可根本不在海滩？"托福特从我后面追上来问。

"我的天哪！"我又停了下来，"他怎么会不在海滩？"一个穿着浅色裤子的老爷爷拄着拐杖从我身边走过。拐杖的尖头让我觉得很危险，我虎视眈眈地看了看他。

等老爷爷终于一瘸一拐地走远了，托福特说："呃，因为那只三色猫一直胡说八道，是你刚才说的。而艾斯本·安可在海滩上，是这只猫告诉我们的。"

现在连托福特都开始吹毛求疵了！不，他不是这个意思，而是完全糊涂了。我现在已经没力气再跟托福特发火了，而且我也有权利不理他：他竟然对那只三色猫说了"请"字！太过分了！我没回答托福特的问题，而是深呼吸了几下，我得平静下来。

我们终于走完了杂货摊小街，到达港口。立在风中，我可以听见帆船的声音——那是一种独特的声响，是钩子和绳索撞击船的桅杆时发出的声音。

海风凉爽宜人，我的怒气也随之消散，慢慢恢复了平静。我走到码头港池那儿，坐在堤岸上准备休息一下。我甚至打算给托福特提个建议。

"托福特，你不能让一只猫牵着鼻子走。毕竟，你也有自己的尊严，是不是?"

不知道为什么，托福特没有回答，而是很惊讶地看着我。然后，他在我旁边蹲下来，环视着海港，继续沉默着。或许我的建议无懈可击，他不知道该如何作答。

我看见一艘渔船突突地驶进海港，船上装满绳索和水桶，同时我闻到柴油和鲜鱼的味道。我还闻到桤木的味道，桤木烟可以用来制作熏鲱鱼。码头港池的另一边，竖立着许多熏炉的白色烟囱，看上去像一座座小房子，而房子的木门后面只有闪亮的正在用烟熏的鱼。

我还多少记得里斯克的港口，老实说，它不只有美好

的一面。我曾有过一些特殊的经历，也就是说，我不是一直靠老约翰的猫食罐头生活的。当然，我不会把这些事情告诉托福特。我擅长保守秘密，也很欣赏自己这一点。

"沙滩在哪儿?"托福特问，打断了我的回忆。

"哦，就在那边。"我指着海港右边的岬角。岬角末端竖立着一座矮小的灯塔（棕色的塔身，红顶），灯塔后面是一条狭窄的海滩。海滩并不漂亮，还有很多石头。

"然后呢? 我们现在过去吗?"托福特问。

"好吧，现在就去。"我实际上有些拖延。我预料到接下来是一个严峻的挑战。三色猫很可能没有撒谎，艾斯本·安可或许真的不办案了。最糟糕的情况是我们白来一趟里斯克。

"我们等什么呢?"托福特问，"你累了吗，迪丝? 要不要休息一下?"

见鬼去吧! 托福特的客气又让我受不了了。我会累，他没事? 怎么可能!

　　我站起来说："我们一刻也不等。"

　　散库斯岛上常常如此，拐个弯便进入另外一个世界。
比如里斯克突然出现在脚下，而斯托堡废墟则位于头顶；
或者稍微爬过几块岩石，忽然就会看见一个没人的海滩。
沙子闪着白色的光，其间镶有黑色的石头。风吹起平缓的
海浪。

　　我审视着地形，看见海湾里停着一艘划船，船上坐着
一个钓鱼的人。还有几棵细细的桦树被风吹得左右摇摆，
以及几块尖尖的黑色岩石。别的什么也没有。

　　"那个是艾斯本·安可吗?"托福特朝我耳语。搞不懂
他为什么耳语。

　　"什么?"我很少会稀里糊涂。天知道他看见了什么。

　　"那儿，"托福特说，"那条大黑狗。"

　　他罕见地说对了。我误把艾斯本·安可当成一块岩
石。他正躺在那儿，那个老家伙，长长的前腿伸出去，大

大的有棱角的脑袋望着大海，上唇下垂着，长长的耳朵也耷拉着。

艾斯本·安可像一尊雕像一样毫无生气。

我觉得艾斯本·安可老了一点儿。他的嘴巴是白色的，光滑稀疏的毛第一眼看上去是黑色的，第二眼又变成深蓝偏灰色，其间已出现白色的点点。艾斯本比从前瘦了一些，但仍然身形高大，估计有十个托福特那么大。

我们踩着发烫的沙子朝艾斯本走过去。托福特几乎等不及了，而我则有一种不舒服的感觉：我该如何开口？说什么呢？"你好，我们看见幽灵了。"忽然，我觉得自己很

蠢（我很少有这种感觉，这让我非常讨厌自己）。

　　当然是艾斯本·安可先开了口。我们还没赶到，他已
转过方脑袋，然后用低沉沙哑的声音说道："我认识你。"
比起从前，艾斯本的嗓音变得更加嘶哑。

　　"我?"托福特很可笑地以为艾斯本说的是他。艾斯本
怎么可能认识他呢? 矮个子托福特住在散库斯最偏僻的角
落，而且还整日待在停车场上。

　　"不，"艾斯本回答，"不过现在我们正好认识一下。
你叫什么名字?"而他当然是艾斯本·安可，谁都认识的
艾斯本·安可。

　　"我叫托福特,住在穆勒嘉农舍,就在斯托堡脚下。"托福特紧张得竟然没有结巴,他语速极快,只为了赶紧说完。

　　艾斯本·安可满意地听着,然后又打量起我来。虽然艾斯本追逐猫时很有风度,但是被他这种身形巨大的狗打量,我还是觉得有些不舒服。"我认识你。"他又重复了一遍。我真怕他想起来什么。

　　"是吗?"我应和着,尽量避开托福特好奇的目光。

　　"你曾经也是这些码头流浪猫中的一员,对吗?"艾斯本说道,"你偷过鱼渣,也偷过熏炉里的鲱鱼,对不对?"

　　"呃……"我真希望托福特这会儿不在这儿。但是他在旁边,不去注意他也没什么用。托福特从不知道别人的心理,愚笨地脱口而出:"真的,迪丝?你偷过鲱鱼?"

　　"真的。"艾斯本·安可接着说,我当然保持沉默。"但这已经是很久以前的事了,对吧?"艾斯本又从上到下打量了我一番,"你现在不错呀,一看就知道吃得很好。

也住在那顶上吗，穆勒嘉?"

艾斯本·安可一贯如此，冷静地表达着对所有事情的好奇。

"是。"我虽然狼狈至极，但还是尽量体面地回答道，然后冷不防又被托福特吓了一跳。"我们一起住在老约翰那儿。"托福特不假思索地说。

"好。"艾斯本·安可说着，又朝大海望去，那个钓鱼的人还在小船里晃来晃去。可能艾斯本认为谈话已经结束了，可能他觉得我们只是碰巧过来，只是寒暄几句就走。

我们站在那儿不知道该说什么。我斟酌着准确的字眼，然而怎么也没想到，托福特先开了口："我们那儿闹鬼了，斯托堡出了幽灵。"

"唔。"艾斯本·安可吸了口气。他盯着托福特。显然，他觉得托福特有点儿不正常，像是发疯，甚至是错乱。

"一个驼背和一只看不见的幽灵狗。"

越发不可收拾了！我僵在那儿，羞得一言不发。

"那只狗可能是黑色的，而且人高马大的。"托福特继续说道。

"哦，"艾斯本·安可插话道，"不是说看不见吗?"

"那只狗?"托福特根本没意识到自己有多可笑。"是的，"他一脸认真地说，"所以我用了'可能'，不过当然有证人。"他补充说，好像他是警犬，而艾斯本·安可不是："游客这么描述那只狗的。"

"游客?"艾斯本·安可听上去一点儿都不感兴趣的样子，他只是表示惊讶。

"那狗咬了三个人，三名游客，"托福特继续说道，"所以他们都不去斯托堡了，所以我们才来找你。"他喘了口气，语速仍然很快："受伤的是一个哥本哈根男人，一个柏林男人，还有一个隆德女人。有一次，急救医生都去了呢。"

"等等。"艾斯本·安可一定跟我一样觉得一头雾水，

"那三个游客不去斯托堡了，你们想让他们再去？"

"不，不，"托福特有些着急，"不光那三个，所有的游客都不去了，就因为那只狗，那只幽灵狗。当然还因为那个驼背。虽然，他们根本就没看见驼背。只是我们看见的，我是说迪丝和我。不过那时有海雾，我们也没真正看清楚。"

托福特停住了，忽然很安静。我们三个都沉默了，好像托福特摔了什么东西，盘子或者花瓶什么的，而我们三个都站在那儿，望着地上的碎片。

艾斯本终于开口了："托福特，我其实没有完全听明白。不过试着总结一下：斯托堡发生了三起'咬人事件'，所以游客都不去了，这对老约翰的生意不好。对吗？"

"对！"我赶紧回答，不想让托福特再喋喋不休地制造更多的麻烦。

"好，"艾斯本说，"这些搞清楚了。那幽灵又是怎么回事？"

这一次我狠狠地瞪了托福特一眼，谢天谢地，他没再开口。于是我讲述了事情的经过，按时间顺序，简明扼要。我首先说了我们的忧虑，冬天可能将会食不果腹，又叙述了我们夜上城堡山的经过：海雾、叫喊、驼背、狗。莫顿·科菲茨和他的木牌我没说，我有另外的考虑。

听我说完以后，艾斯本·安可陷入了沉思。他朝大海望去，一直盯着钓鱼人。我隐隐觉得那是他的主人，老安德森，退休的警察。脱去制服，他跟老约翰看起来没什么两样。

"很抱歉，你们现在碰到了困难，"艾斯本·安可说，"可我实在帮不了你们。"

"帮不了？"托福特跌入无边的失望中，他耷拉下脑袋。

"我退休了，"艾斯本·安可一直望着大海，"我每天躺在沙滩上，看着安德森钓鱼，这就是我现在的生活。我已经'不工作了'，老了。你们明白吗？"

我承认，我不擅长观察别人的情绪。但是跟托福特不同，如果有必要，我很会察言观色。我听出了艾斯本·安可话语里的无奈，还有他对每天呆坐在海滩上、等着老安德森钓鱼的不满。显然，艾斯本·安可觉得这样很无聊。他宁可再承担一次破案任务，但同时又觉得不太合适。

"现在这是布洛的事情。"艾斯本·安可突然低沉地说道。我最清楚受委屈是什么，所以马上听出了艾斯本的委屈——他觉得难过，因为现在不是他，而是布洛在当警犬。

我坐起来，把尾巴放到爪子上，对整个事件又充满了信心："问题就在这儿，布洛不想帮我们。"

"什么？"艾斯本·安可的脑袋突然伸向空中，他的脖子一下子变长了。而我正好有时间又狠狠地瞪了托福特一眼，示意他别为布洛说好话。"不可思议！"艾斯本气呼呼地说，"他没去侦查案件？"他看着我。忽然，这个老家伙身上充满了能量。

　　"怎么说呢，"我冷静地回答，同时又不忘瞪了托福特一眼，"布洛和莫顿·科菲茨也去了一下城堡山，但最后他们只竖了一块木牌——'小心恶犬！'。"

　　"然后就完了？"艾斯本·安可这会儿真的发怒了。

　　"是啊。"我惋惜地说道。我不想表现出幸灾乐祸的样子，而是尽力显得十分难过。"我们，"我很可怜地说，"我们很害怕。"

　　怎么说呢，狗真是好算计。你如果让他觉得你需要他，那么他就随时准备为你赴汤蹈火。

第八章
糟糕，艾斯本·安可来了

艾斯本·安可是早上九点钟出现的，不像一个流浪汉，倒像国王一样走上山来——高大、挺拔，长长的背部略微下弯。我见过年老的马，也都是这样。

我躺在信箱上。艾斯本没有注意我，也没注意穆勒嘉和空空的停车场，而是迈着大步径直去了城堡。我和托福特当然也只能跟着去。这让我很生气，托福特却没事。

在碉堡桥前面，我们追上了艾斯本。他端详着莫顿·科菲茨的傻木牌。

"这个，"艾斯本没有问候我们，而是直接说，"这真是个无聊的笑话：'警察局警告不得入内。'哈！"他气呼呼地说："那警察到底还做什么呢？"显然，这不是提问。

"喂，你们俩，"艾斯本接着说（我很生气他把我和托福特看作一类），"我们现在去探个究竟。"

于是我们上了城堡山，托福特走在前面，而我保持跟艾斯本·安可同一步伐前进。

在悬崖边上，离门拱还有好长一段距离，艾斯本突然站住了。我们三个一起眺望着波光粼粼的海面，那艘船头画着浅蓝色条纹的渔船正在水里荡漾，看上去跟穆勒嘉窗台上的模型很像。

"嗯，不错。"艾斯本看了一会儿，又继续朝城堡出

发，外衣塔处在阴凉中，"你们前天晚上就是从这儿上
去的?"

"我们走的就是这条路!"托福特总是不知道该怎样得
体地回答，"我们本来想侦查所有的房子，但最后还是只
看了……"我恶狠狠地看了他一眼，所以托福特有些语无
伦次："可是只……呃……旁边有个平台……"

我刀子般的目光终于让托福特闭上了嘴巴。"我们埋
伏在这儿，"我的用词很专业，"但是可惜海上起了雾。"

"你们是穿过门拱过去的，是吗?"艾斯本问道。

"是的。"我一时觉得惊恐起来。我对回来时的印象比
去时要清晰得多。我仿佛又看见自己在夜雾中蹿过门拱，
而那只看不见的幽灵狗就在我脖子后面。

"那些'咬人事件'呢?"艾斯本问，"是在外面还是
在城堡里面发生的?"

"是晚上，"托福特答道，"黄昏时。"

艾斯本·安可看了托福特一眼，我发现他有些无奈的

样子。然后艾斯本说："如果问'什么时候'，应该回答'晚上'。但是我的问题是'哪里'。"

我和托福特互相看了一眼。我们俩都不知道。

"好吧，"艾斯本说，"我们现在进去。"

我和托福特来到台阶附近，那天夜里逃跑时我们就是从这里走的，所以我们俩都有些不舒服。可是眼下没有别的东西可以分散我们的注意力。我和托福特就这样站在那儿。艾斯本·安可在城堡山上嗅来嗅去，寻找线索。有时他会从我们的视线里消失，比如走到城墙或外衣塔后面，但是很快又会重新出现。每次看见艾斯本都是这样的画面：一只大狗，脑袋巨大，伸着长鼻子在草丛里嗅来嗅去。

过了很久以后，艾斯本又回到我们面前，问道："那个驼背是沿着哪里走的？"

我和托福特带他去了橡树环绕的池塘那儿。即使在白天，天气晴好时，去池塘边对我来说也是个挑战。我一直觉得驼背还躲在那里，至于那只幽灵狗，更可怕，他本来就看不见！

我们盯着长满草的洼地：下面是变为沼泽地的池塘，还有几朵睡莲。我看见一只青蛙在水面上跳，其他什么也没有，连垂下来的草也没有。那下面真的曾经有驼背吗？或许他藏在橡树后面，或许他根本就没有隐藏，我们只是因为夜雾而看不见他。

我很想跟艾斯本·安可商量一下。但是如果说托福特说话太多，那么艾斯本则是金口难开。他只是到处看，到处嗅，忽然一路奔上了外衣塔。难道有什么线索了？

托福特当然也跟着去了。我则对自己感到很骄傲，因为跟他们保持了一点儿距离。重要人物总是稍晚到达。

不知是什么原因，登外衣塔的人总是习惯向上观望。或许因为外衣塔有令人惊讶的高度，过去这座塔曾经有

六层楼高。也或许里面的陈腐和黑暗让人窒息，一定要看看天空才能放松，毕竟那种光亮和蓝色能给人一些安慰。

我抬起头仰望已经斑驳的城墙。下面是绿色的苔藓，上面是铁一般的灰色。只有在城墙伸出的地方，即室内墙壁的废墟处，长出了一些灌木。这些灌木长在城墙表面的薄薄的土层里，也或许是经年累月堆积的灰尘。

外衣塔的深处有唯一保留下来的房间——地窖。地窖的顶大约高出地面半米，碎石瓦砾堆积在上面，还有苔藓地衣交错丛生。地窖甚至还有一扇装了栅栏的窗，透过栅栏望进去，里面一片漆黑。地窖如今只能闻到味道，沼泽地的味道。

我上到外衣塔，看见艾斯本·安可正在仔细地嗅着穿过外衣塔的一条路。所有来废墟的游客都会走这条路。可以从一边或另一边进入塔里，两边都有类似门的洞口，却没有真正的门。游客会仰望一会儿天空，再透过带栅栏的窗看看地窖，最后再走出去。

"土，"我听见艾斯本·安可喃喃自语，"这儿有土，快来看。"艾斯本用他硕大的爪子踢着地上的几块鹅卵石。石头在离地窖窗口不远的路上。我却觉得这些石子没那么重要。

"嗯，"艾斯本继续小声嘟囔着，"你们提到了那个呜咽声。"他抬起头先看了看托福特，又看了看我（这个顺序显然有错误）。"这个叫声从哪里来?"艾斯本·安可问道。

托福特刚准备张口回答，我却抢先说道："从海边传来，不过也可能是……"

"……刺耳尖叫?"艾斯本·安可若有所思地说，"应该是一种刺耳的声音。"然后，艾斯本又留我和托福特待在外衣塔上，自己却走开了。我渐渐觉得跟着艾斯本来来回回地在城堡山上转是一件痛苦的事。

当然，我们也别无选择，只好跟着他去三棵橡树那儿

的池塘，然后又去临海的保存完好的城墙。我不知道艾斯本到底打什么谱，但他显然胸有成竹，步履也很坚定。我和托福特到城墙那儿才追上艾斯本，竟然是我们从未到过的地方。艾斯本在一个洞穴前面站住，很久以前，这儿一定有过一扇低矮的门。

"你们知道这个吗？"还没等我们回答，艾斯本又接着说，"这叫海盗洞，直接通向悬崖，很方便，不是吗？"

我怎么也看不出哪里方便。是通向悬崖的捷径，那又怎样？难道是为了不走弯路就能跳海？这对寻找驼背和幽灵狗一点儿帮助也没有。我的天哪！我已经没兴趣跟着艾斯本在城堡山上做这种追逐游戏了。当他穿过海盗洞，一句解释都没有时，我甚至打算离队了。

但我终究还是跟在后面，虽然是一副极其懒散的样子。我慢慢悠悠地踱过海盗洞，还停下来享受了一会儿海风的吹拂。我觉得现在是时候了，得告诉艾斯本他的侦查杂乱无章，不达目的，得跟他好好抱怨一下。

可惜我还是没说出口。艾斯本·安可和托福特站在悬崖边上，紧挨着一块圆形的巨石，这块巨石经年累月竟没有落入海中。

"看哪，我们找到什么了!"托福特朝我喊着。

"我们!"托福特竟然把自己和艾斯本相提并论，他太不自量力了。

我并不好奇，但出于礼貌还是看了过去：悬崖边上的一块岩石，这有什么大惊小怪的!

当然，岩石上钩着一个金属环，是用钢做的，攀岩爱好者们常用的那种。

然后呢？一个钩子和几块鹅卵石。这就是艾斯

本·安可找到的线索？我正准备对老家伙说出自己的看法，他却抢先说道："事情马上就要水落石出了。"

"什么？"我惊讶地愣在那儿。无须说，我根本不相信他。

"真的？"托福特幸福地叫起来，好像他正经历一个奇迹，"解决了？但是……"

"现在不是提问的时候。"艾斯本·安可深沉的声音流露出对自己的满意，"现在说细节还太早。来，我给你们看一样东西。"

然后又要穿过城堡山。艾斯本·安可的侦查行动是个纯粹的健身运动。穿过海盗洞，走过池塘和三棵橡树，艾斯本甚至连外衣塔都没怎么注意，然后就在草地中央停住了。

"这里！"他指着地上的东西说，"这是目前最重要的线索。"

我看了过去，觉得一阵恶心。狗认为世界上所有的东西都有自己的味道，而未必是发臭。我却是一只敏感的猫。艾斯本给我们看的是一堆黑色的羊粪。

第九章
羊群与嫌疑犯

　　这就是目前侦查的结果，在这个七月的上午，将近十点半的时候。我有两个同伴——两只神志不清的狗，在弯腰观察一堆围着苍蝇的羊屎球。托福特盯着那堆黑黑的玩意儿像看世界奇迹一样。艾斯本·安可则几乎把鼻子都插进去了。他的耳朵叠放在草地上，头垂得很低。

　　艾斯本的鼻子离那堆粪便还不到一寸距离，他宣布说："这东西有三到四天了。"

　　我已经出离愤怒了，又气又绝望。我把自己的命运交在艾斯本·安可的手里，他却非但不调查散库斯的幽灵狗，还在这里研究羊粪。我注定要挨饿，只有这个夏天的光景了，冬天就是我的大去之期。我晃晃悠悠地后退一

步，一是为自己感到悲哀，二是被这草里的臭气熏得没有
知觉了。

"你是想告诉我们……"我克服着晕眩，坐了下来，
"你是想告诉我们，幽灵狗是一只绵羊?"

艾斯本·安可抬起沉重的头，他的额头布满皱纹。如
果没有看错的话（希望如此），他还有些被逗乐的样子。

"不，迪丝!"艾斯本的声音里带着让人不舒服的自
负，"我只是想告诉你们……"他意味深长地停顿了一会
儿："有目击者!"

"目击者!"我非常非常讨厌自己重复别人的话：因为
找不到合适的回答，就简单地重复对方说过的话。

"对!"艾斯本·安可坐了下来，好像对目前的状况很
满意。"你不明白吗?"他问道。

明白? 这堆羊粪球儿有什么需要解释的?! 我清了清
嗓子："我很明白，一只绵羊在那儿拉了堆大便。难道你
要把这个轰动的消息发到报纸上?"说完这些，我感觉好

点儿了。那个无礼的迪丝又回来了。我把尾巴放到爪子上，看着艾斯本。

"迪丝，迪丝，"他说，"可能这个主意不好。不过，我们想利用目前的知识，推出正确的结论。三四天以前这里有一只绵羊。"艾斯本转过身对着热情高涨的托福特，好像跟我反正也讲不通似的："山坡那儿一直有卡斯托普的羊在吃草，是吗?"

"是的，"托福特的短尾巴刚好左右晃动着，"但是卡斯托普没有牧羊犬了，我们也想过这一点。"

"想过什么?"艾斯本·安可问道。

"想过卡斯托普的羊是否躲在幽灵狗后面。"我插话道，我决定再次介入谈话。我不想被艾斯本·安可看成傻瓜。如果这儿有傻瓜的话，那只能是托福特。

"噢，忘了这个吧!"艾斯本·安可自负地说，"我们不是在说一只发疯的牧羊犬。不，不。我们在说羊群。卡斯托普还有别的羊吗? 听说他现在有一头公牛。他在养牛吗?"

　　这我完全不知道。令人生气的是我竟然朝托福特看过去。公牛? 我错过什么了吗?

　　"公牛就在那边,"托福特答道,"在靠近陆地的一侧。羊群也有。"他的斑点小脑袋朝海的方向指了一下:"就在那下面,篱笆后边,去海边的路上,那儿还有一个栅栏。"

　　哦,栅栏? 我的目光游移不定,从托福特到大海再到艾斯本·安可。我一直以来的坏毛病是喜欢生活在自己的世界里,不去关心周围发生了什么。另一方面,我们到底在说什么? 羊群! 天哪,羊群!

　　"看⋯⋯"艾斯本·安可稍显费力地站了起来。我很高兴看到这一幕:他有点僵硬。他接着说:"喂,你们俩,我发誓,那个篱笆里面有个洞。"

　　"然后呢?"我脱口而出,"难道你要找人修一下那个洞,不让那些羊在城堡山上乱跑,然后去咬游客?"

　　让我惊讶的是,艾斯本·安可微笑地看着我,两眼放

着光芒，连鼻子都闪着光，一只耳朵也微颤着。"恰恰相反，迪丝，我要钻这个洞。"他说。

不凑巧的是天气也跟着骤变。刹那间风起云涌，天空和大海都被染成了灰色。风不太猛烈，但却很冷，紧接着雨水便像断了线的珠子般洒下来。

我们又重新投入行动时，我的心情也渐渐转好。我见过许多狗，为了目标热情高涨地开始行动，但最终却无奈地到达目的地。我丝毫也不相信，去找卡斯托普的羊群对整个事件会有什么意义。

我们又经过外衣塔和池塘之后，我已经被雨水浇透。而当我们再一次钻过海盗洞之后，我已经瑟瑟发抖，心情也到了冰点。我们又来到那块有金属环的岩石边。刚才托福特和艾斯本还在感叹岩石的特别，现在他们则只管继续往前冲。对狗来说，他们只对正在飞的球感兴趣。

岩石的下面是一段陡峭的下坡小路，这段路迂回蜿蜓，一直通向大海。路边的岩石在阳光下闪亮亮的，草地也像浸饱了水的海绵。我们终于到达篱笆那儿，上面的铁丝滴着水，就像穆勒嘉农舍的屋檐一样。

我望着远处的牧场，越过贫瘠的草地可以看见不断打着雨点的海面，那艘有蓝色条纹的小船仍在荡漾。不一会儿，我便找到了羊群。他们聚集在一棵歪脖子树下边，看上去只是烟雾中一团毛茸茸的白色。

众所周知，羊是一种固执、内向、多疑的动物。跟猫不同，他们只跟同类来往。因为整天都忙于吃草、反刍，他们通常都不够练达，还有着与生俱来的草食动物的懦弱。

但他们也有让我喜欢的一面，就是跟狗的关系。长久以来，他们被布洛之流驱赶、呵斥、追逐或者攒进羊圈。有些牧羊犬甚至骑在可怜的羊身上四处溜达。所以羊始终受到狗的骚扰，这一点让我觉得跟他们同病相怜。

我痛苦地看着托福特像疯子似的沿篱笆走来走去，直

到最终找到那个洞。洞有斯托堡的门拱那么大，托福特却像大海里捞针似的装模作样。

艾斯本·安可拖着长腿，踩高跷似的第一个走到草地上。我跟在托福特后面，优雅地迈着碎步，同时也注视着羊群。他们当然早已发现我们，所以聚得更紧一些。我们狐疑地走到一段墙边。

我认真考虑过是否转身回去，落在这些准备攻击的羊蹄之下一定不是闹着玩的。不过至少艾斯本·安可巨大的身躯还能吓唬吓唬他们。

但是羊们都站在那儿不动。只有一只离开队列，我认出那是他们的领头羊。领头羊看上去特别顽固，还有些诡诈。我已经闻出他们的味道，毕竟湿了的羊毛臭烘烘的。

"呃……"从不缺点子的艾斯本·安可在寻找合适的字眼，他正对着领头羊刀子般的眼神，显然不知道如何开口。

"呃，"艾斯本又迟疑了一会儿，然后好像刚醒过来似

的说道，"本特，是吧？你还记得我吗，本特？很久没见了。"

领头羊本特抬起头。不管艾斯本·安可是从哪儿知道他的名字的，本特仍像刚才一样满腹狐疑。然而，他像打桩机一样冲出来的危险已不复存在。"艾斯本·安可？"本特悠悠地说道，"警犬，从里斯克来的?"

艾斯本·安可冷静地点点头，甚至充满了慈爱。有那么一刻，他沉浸在过往的荣誉里。"本来我已经退休了，本特。但是……"他看了托福特一眼，然后甚至还看了我一眼，"他们请我来帮个忙，山上的事儿。"他把沉重的头转向城堡方向："斯托堡里有个流浪汉在闲逛。"

我觉得艾斯本表现不错，他说话的声音低沉冷静。他试图套近乎，但好像行不通。

"我们从来没上过城堡。"本特说道。

"真的没有?"艾斯本反问。

"没有，我们必须待在草地上，我们一直遵守这个规矩。"

我惊讶极了，难道本特刚才没看见我们钻过那个洞？他了解我们知道那儿有个洞。羊不但固执，还厚颜无耻。

"当然，"艾斯本·安可说道，"但是别忘了，我已经退休了，现在对篱笆里的破洞不再感兴趣。城堡上的草长得不错，是吧？"

"是啊。"本特说。

"值得上去看看吗？"

"还行。但我们不去那儿。"

"不去？为什么？"艾斯本始终保持着冷静。

本特沉默着，然后说："我不反对堵上那个洞。"

我的天哪，这头羊真是不可理喻。我朝托福特看过去，他也浑身湿漉漉的，一副急不可耐的样子。

"如果堵上那个洞，狗就进不来。我说得对吗？那个闲逛的流浪汉，你知道是谁。"艾斯本·安可说道。

本特点了点头："但是没什么流浪汉。"

什么？我背上一阵凉飕飕的，并不只是因为被雨水浇得发冷。

"奈尔说他会飞。"

本特的话让我大吃一惊，不只我有这样的反应。

"会飞?"艾斯本·安可问道。

"会……会飞?"托福特结结巴巴，"那……那只……狗?"

"奈尔，过来!"本特说着，一只圆滚滚的羊羞涩地从队列里走出来。她比本特矮，却胖好多。

"奈尔去过城堡山，"本特介绍道，"她看见了。"

艾斯本·安可又像要提问的样子，但我觉得，他一定也正在想象飞狗的样子：长着巨大蝙蝠翅膀的梗犬，还是有羽毛和鹰翅的獒犬？我在夜雾里看到的那只幽灵狗真的是在跑吗？用爪子在跑？

"你到底看见什么了，奈尔?"艾斯本·安可问道。

"那只狗。"奈尔是一头羊，确实不能指望她多说一个字。

"好。"我渐渐佩服艾斯本·安可的耐心,"你说他,呃,'会飞'?"

"是的。他是从海上飞过来的。"奈尔回答,"乘着一块木头。"

我得坐下了。草地上到处湿漉漉的,雨还在不停地下着。

艾斯本·安可深深地吸了口气。"那只大狗乘着一块木头从海上来。哈,接着说!"他又吸了口气,"他是落在那块岩石上吗,靠近悬崖边上的巨石?"

"是的,他从木头上下来,其实是一块板子。"

"哦!然后呢?"

"然后我就跑了。钻过篱笆上的洞,一直回到这儿。我没再上山。那是一只大狗,没有被那些人用狗绳牵着。"

"那些人?"我又重复了那只羊说的话,当然是脱口而出。不过现在不是激动的时候。奈尔刚刚提到的该是那驼

背。我则不由自主地问驼背是否会飞，或许那根本不是驼背，而是翅膀！

"有多少人?"艾斯本·安可问奈尔。

"上边只有一个。不过还有第二个，我听见他的声音了，噼啪作响。"

这次我憋着没再重复奈尔的话，而是盯着艾斯本·安可。会飞的狗，发出噼啪声响的人。我的妈呀，什么叫"噼啪作响"?

但艾斯本·安可没能继续调查下去，一阵狗的狂吠打断了审问过程。我脑子里还一直是长着羽毛的獒犬。所以当布洛出现在眼前时，我几乎长舒了一口气。布洛被用狗绳牵着，大声叫着走在前面。牵狗绳的是满脸通红的胖警察莫顿，踉踉跄跄地跟在后面。他们后面还有卡斯托普和我不愿意说的一个人——老约翰！卡斯托普用拳头威胁着我们，还有更可怕的东西——霰弹枪。

"就是这只疯狗！我们抓到它了!"卡斯托普叫着，他的脸跟莫顿一样变得通红，"天哪，它在我的羊群这儿！"

　　接下来的事情进展很快。我根本没时间出风头，也没人注意我。对人来说，把猫绑起来不是件困难的事，但是捆陌生的狗还是有点难度的。

　　不管怎样，看在卡斯托普的霰弹枪的份上，艾斯本·安可很聪明地没有反抗，而是让莫顿·科菲茨抓着他的项圈，不过艾斯本很轻蔑地看了一眼布洛。

　　难道布洛没有认出来是艾斯本，他的前任吗？有可能。托福特还没来得及解释，老约翰就把他夹在胳膊底下，骂骂咧咧地走了，任凭托福特怎么挣扎都无济于事。

　　"你怎么跟这么个东西在一块儿！"我听见老约翰骂托福特。艾斯本已经被他们带走了，越过草地、栅栏，继续向前。莫顿·科菲茨把艾斯本·安可逮捕了，他甚至相信，艾斯本就是散库斯岛上的幽灵狗。

　　"这是个天大的误会！"我小声地对一动不动的本
特说。

　　"是啊，"领头羊沉默了好一会儿，说道，"不过人本
来就不可理喻。"

第十章
托福特重获自由

我是最后一个回到穆勒嘉的。跟所有的人保持着安全的距离，而且确信，一切都搞砸了。

刚离开羊群，太阳就出来了，但是我根本不需要被关注，我也不需要一个晒太阳的地方。我什么都不想要。

我一边走路，一边思考着，他们把艾斯本·安可当成幽灵狗逮起来，真是愚蠢至极！太倒霉了！怎么偏偏在我和托福特、艾斯本一起审问那些羊的时候，布洛和科菲茨跑出来了呢？而且偏偏这次他们还拖着老约翰和那个发火的卡斯托普一起。加起来正好四个笨蛋。

是的，我尤其生老约翰的气。从城堡山可以望见依旧空旷的停车场，托福特被用链子拴在小屋前面。其实也不

是链子，而是他的狗绳，平常从来不用。但这没有区别：托福特被剥夺了自由。

我承认，托福特生活自在对我来说不是最重要的事情。但另一方面我是一只有正义感的猫。当我从城堡山向下俯视停车场，看到托福特的遭遇时，我的正义感受到了严重的伤害。托福特曾冒着生命危险救过老约翰，而现在竟被拴起来，像超市前那些游客的狗一样。

托福特不应该受到这种不公正待遇。我愤怒得想离开老约翰，马上就走，搬到沙丘林那儿，作为最后一个坚持正义的自由者，单独生活。

然而我很快又想到那个原则性的问题：即将到来的饥荒。

目前的局势确实让人绝望：幽灵狗还在，而除我之外没有谁再会去阻止他。莫顿、布洛和老约翰都以为这个问题解决了。托福特被关禁闭。艾斯本可能在坐牢，说不定他已被送上渡船，然后转运到大陆上的一个动物收养所，然后我们就再也见不到他了。

被这些阴云笼罩着，我不觉来到碉堡桥，又看见了莫顿·科菲茨的傻木牌：

小心恶犬！

警察局警告不得入内。

这个木牌可能很快就要撤了。说不定他们还会把这个大错误当成新闻发到报纸上："幽灵狗已被捕获，斯托堡恢复安全。"

然后呢？又有一些游客来斯托堡，暂时有人会付点小钱给老约翰，直到再次发生"咬人事件"。然后就是更大的灾难，幽灵狗变得更可怕，停车场则彻底关门。我去了南方，很快死于沙丘林的第一场霜冻。

"迪丝，迪丝！"风吹过来托福特的声音，微弱而遥远。

我抬起因悲伤而低垂的头。托福特拉着他的狗绳，他发现了我。

"来这儿，迪丝！过来！"

本来我不喜欢听他的命令，但是我又想跟他告个别，于是我朝木屋走过去。当然，我很聪明，知道从后面靠近，因为我不想被老约翰发现。他仍旧坐在那儿，脑子空空的，收费盘也空空的。

我走近的时候，托福特摇着尾巴，很友好，但看得出他情绪低落。他骗不了我。

"老约翰把我拴在这儿了，"托福特多余地说道，"我不能到处跑了。"

"是呀。"我还能说什么呢？

"他觉得我和幽灵狗在一起。"

"是呀。"我又应和道，同时低下了头。停车场上的碎石也被雨水打湿了。我和托福特尽量压低声音，以免被老约翰听到，但这样其实很不体面。

托福特接着说："他认为艾斯本就是幽灵狗。"

这次我直接省略了"是呀"。有一会儿，那个了解敌人的旧我又回来了。我对托福特说："你的朋友布洛显然也这么想。"

"但是布洛根本不认识艾斯本·安可！"托福特说，"我本来也不认识他。"

我不知道这是否能解释现状，其实我也不确定。"托福特，你听着……"我正要向他宣布我的出走计划：搬到沙丘林，然后可能很快离世。老实说，我以为会掉眼泪，但其实没有。而托福特打断了我的思绪："迪丝，我们得改变目前的情况。"

"改变什么?"我有点儿迟钝地问,因为我的脑子里还在想别的呢:托福特为我举行葬礼,伤心欲绝,而我则被抬到坟墓里。

"大家误把艾斯本·安可当成幽灵狗。"托福特又把我拉回现实,"我们得告诉布洛,艾斯本是老安德森的狗。"

"我们?"我瞥了托福特和他的狗绳一眼,然后又朝小木屋里望去,老约翰正在里面呆坐。"可是你哪儿也去不了。"我对托福特说。

"我是去不了,"托福特低下头,很快又抬起来,"但是你可以去!"他的眼睛放着光芒。

"我?"我尖叫着,目瞪口呆,"我去找布洛?听着……这真是……"不,决不,我不会去的。

"我就担心这个。"托福特说道。他的目光让我心里很不是滋味。老约翰从小屋里伸出脑袋,他听见我们在交谈。

"托福特,卧倒,我再说一遍!"老约翰命令道。我赶紧跑远了，因为不想被监禁。

这一天都死气沉沉的，不是天气原因，而是心情糟糕透顶。我在信箱上面独自忧伤，为我自己，也为失去自由的托福特。一个下午过去了。天空被染成血红色，我的心在滴血。

我刚抬起头，就看见老约翰带着托福特从停车场回来了。老约翰的表情阴沉，而托福特则像挨了揍的样子（虽然我确信，老约翰不可能打他）。

饥饿让我又走进穆勒嘉。我讨厌自己这个弱点，宁可绝食，或者去里斯克。但是老实说，我克服不了饥饿。我想，布洛绝对不会听我的，他恨不得拧断我的脖子。

老约翰一句话也没有，直接把饭盆扔给我——这是我们关系最差的时候。食物就是牵我的"绳子"。我弯下身准备吃东西时，觉得自己奴性十足。

然而就在这一刻，我瞥见了猫洞，我的又一个完美计

划诞生了。托福特在其中的任务可能会比较艰巨。不过有
了这个计划，我又可以不失自尊地享用晚餐了。

　　天哪，今天晚上的时间像蜗牛一样，爬呀爬呀还是不
见移动。老约翰也慢吞吞的，久久还没有上床。他先是坐
在饭桌旁，像吃了一百年似的，然后又翻看了"一百年"
的报纸。直到深夜，他才和托福特进了卧室。

　　"托福特，卧倒!"卧室门后传来老约翰的声音。但是
没想到的是，这一晚卧室的门没上锁。

　　我小心翼翼地又等了许久，始终蹲在窗台上，一动不
动，保持猫的特性。然后我悄悄地溜到走廊上，来到卧室
门口。

　　我只是想做个试验：第一次就得碰到门把手。我以前
也跳到把手上去开过门，但是有一次撞到老约翰的伞架
上了。

　　集中精力，我对自己说。我现在需要看准，还要完美

地控制动作，而且跳起来时必须没有声音。

我静静地站在那儿，收紧肌肉，然后纵身一跳！

我不知道哪一步做错了，反正跳得有点儿高，也太远了，以至于我用力撞到了门扇上。

不管头部怎么中招——跳之前神经紧张，跳之后脑袋撞得嗡嗡直叫，而且还打破了谣言——谁说猫总是爪子先落地，我就是肚子先重重地着地，痛得我哇哇直叫。

当然，我可以因为疼痛直接躺在地上，那一撞确实很疼。但是我不能忍受失误。我疯狂地又站起来。出于愤怒，这一次还往后退了几步，加上助跑，我的脑袋嗡嗡地响着。

显然，我只专心于眼前的任务了。不然，我应该听到老约翰已翻身下了床，摸索着穿上拖鞋，吱吱嘎嘎站了起来，然后愤怒地拖着脚走到门口，哗地打开了门。

老约翰开门的时候，我正跳到一半。或许这第二跳又有点儿远，不过高度还是合适的。如果有门把手在那儿的

话，我一定可以命中。当然，门完全敞开了，我像一颗子弹，只是长着毛、四条腿，还有爪子，一下击中了老约翰身体的中间。而老约翰当然也没料到走廊上会飞出一只猫（我的计划很保密），所以毫不费力地就倒在地上，像一棵树，我也跟着摔了下去。

托福特的小垫子正好在我们倒下的地方，谢天谢地，他神志清醒，及时跳了起来，避开危险。老约翰倒在过道，而我则落在他的肚子上。我对托福特大声喊道："跑，快跑！"

托福特马上明白了我的意思。不等老约翰开始咒骂，他已飞奔过走廊，并拐弯进了厨房。钻过猫洞，他就获得自由了，还可以去里斯克。虽然我的计划出现了波折，但结果还是成功的。然后我听见老约翰在地板上开始吼叫。

第十一章
孤军奋战（却又不是）

　　我在比较安全的地方欣赏了日出。夜里，不从老约翰的卧室里逃走已经不可能了。他破口大骂，幸亏我跑得比他快。他还在地上爬时，我已经到了走廊。他弯腰准备抓我时，一边咒骂，一边挥着拳头，我已经像胜利者一样离开了现场，不太仓皇地钻出了猫洞。

　　可惜我在穆勒嘉暂时没有露面的必要了。我并不觉得内疚，至少这样使托福特重获了自由。我决定逼老约翰重新找回他的幸福。为了老约翰的幸福，我和托福特得先抓到幽灵狗。

　　问题是，我和托福特已经没有退路。当我在碉堡桥的空地上，在黑暗里等待新的一天来临时，我忽然意识到这

一点。我在老约翰卧室里那勇敢的一跳，显然是孤注一掷的做法。如果我和托福特解不开幽灵狗的谜底，那我就永远别想回穆勒嘉了。

天空发白的时候，我忧心忡忡地朝里斯克方向眺望着。假如托福特没能把艾斯本救出来，那我们只有靠自己的能力了；万一托福特路上再遇到什么困难，那我就得孤军奋战了。

　　天哪！托福特从未单独去过里斯克，更别说夜里了！他找得到路吗？他知道布洛和莫顿·科菲茨住在哪儿吗？他知道过马路时要等车先过去吗？

　　太阳升起的时候，只看见红色的天空里出现一个黄色的点，而我却精疲力竭，担心得浑身发软。

　　然而，我很快发现，并非只有我自己在独守。天一亮，老约翰就出来了。他身子有点儿弯曲，揉着摔痛的屁股。我耳朵里还回响着他的咒骂声。可当他开口时，我就原谅他了，包括他去羊群那儿的愚蠢，软禁托福特，还有昨晚卧室里的叫骂，这一切我都忘了。

　　"托福特？"老约翰一声声叫着，"托福特，你在哪儿？"他的声音回响在空空的停车场上，在去里斯克的路上，一直传到我待的碉堡桥的空地。

　　老约翰又在穆勒嘉门口站了半天，而我觉得一直跟他在一起。他只是人，并不了解事情的真相。不过即使他背

着手叫我的名字"迪丝，迪丝"，我也不回答。我现在有更重要的事情要做，而不是去跟老约翰亲昵，抚摸他的双腿。

天空一变成蓝色，我就出发了。我要在老的急救通道那儿等候托福特。如果一切顺利，他会跟艾斯本·安可一起来跟我会合。

然而，除了几只从沼泽地飞过的鸟之外，我什么也没等到。我在一块岩石上坐下，时间一个小时一个小时地过去了。我脚下是波光粼粼的大海，头顶是炙热的太阳。太阳晒得我越发不舒服，又饿又渴又担心，我的心情很快变得焦躁。

整个上午，我还在担心托福特，到了下午我便认定他把事情搞砸了，而夜晚来临时（天空又变为早上的红色），我已经精疲力竭。

天哪，到底发生了什么？托福特没有找到布洛，还是也像艾斯本一样被抓了起来，用船运到最近的动物收养所了？反正没回穆勒嘉。风里传来老约翰的声音："托福特？托福特！"只不过这声音渐渐变远。

我背后的斯托堡废墟已经笼罩上夜的黑色。白天我尽量不去看斯托堡，现在城堡却逼近了。虽然我还没到饿着肚子穿梭在沙丘林里的份上，但是现在，最后一个正义者却待在这里，看来今晚我又得独自去城堡山过一夜。

我伸展了一下，又把自己弄干净。我试着赢得时间，朝里斯克方向看了最后一眼：除了深蓝的黑暗，什么也没有。我听见大海的声音，转过身去。巨石下面的船竟然亮了起来。

船？！我为什么从来没注意过这条船？前几天每次来城堡山，它都在那儿！每次我都觉得它像窗台上瓶子里的模型，而没有一次去注意过它。这条船应该有点什么作用。不是吗？

还是没什么？

　　我朝城堡山跑去，目光紧盯着船舱透着光亮的窗口。不管发生什么，我一定得看到。我试着把目前知道的信息连起来：岩石上的金属环、驼背、狗，最后还想到狗乘的那块木板。但是我想不下去了，这根本没什么头绪！

　　到达碉堡桥时，我已经喘不上气了。穆勒嘉农舍亮着灯。我穿过桥，又继续往上爬，现在才放慢脚步。那只大狗已经来了吗？

　　我什么也听不到，什么也闻不到，但是确信他会来。天哪，我现在到底该做什么？

　　现在宁可不想这个问题。我悄悄地来到悬崖边，得紧盯着那条船。那只胖胖的奈尔说什么来着？幽灵狗是"从海上飞过来的"。

　　我匍匐到断石边上，下面变得很陡峭。世界上没有一个地方比这儿更适合自杀了。我朝下面窥探着，船上仍旧灯火通明。

　　但是我还看见别的：船旁边还停着一只救生筏。虽然海上波涛翻滚，我又高出船若干米，但我能听见船桨入水的声音。他们在干什么？

救生筏靠了岸。一个男的跳了下来。他把船拉到石头那儿，然后从我左边很远的地方开始往上爬，大约靠近海盗洞的地方。他肩上还背着个圆圆的很大的东西，我不知道那是什么。

山下草地上的羊也在看或者认出这是什么了吗？我决定以后问问那些羊。但是，对我来说，还有"以后"吗？

那个男的上了城堡山。我忽然觉得很危险，如果他来抓我，只要几步路。但是像所有的猫一样，我们在黑暗里是灰色的，他根本看不到我。

另外，他现在根本空不出手来。我看见他把肩上那个圆圆的东西卸下来，就是从悬崖边背上来的那个，然后在摸岩石上的金属环。

现在我终于明白那个圆东西是什么了，是一卷钢索，他正用金属环固定住。弄好之后，他又猛抽了一下，拉紧

钢索，现在钢索一头已经固定在岩石上，一头直接连在停靠于悬崖边的船上。

船舱里的灯灭了，船又消失在黑暗的海上。突然响起一阵呜咽声，跟上次在夜雾里把我和托福特吓得魂飞魄散的声音一模一样。老实说，我这次也神经错乱，像暴风中的海鸥一样。

"喊——喊——喊"，每次都是这种声音，然后那只狗从黑暗里跳出，一直跳到天上！而且确实乘着一块木板！

的确是一只獒犬，巨大，黑色，像脚下的大海一样映着月光。

我禁不住跳了起来，汗毛竖立，像上次一样。只是这次我压下了快要发出声的尖叫。我实在待不住了，拔腿就跑，越跑越快。我朝碉堡桥方向一路狂奔，几乎停不下来。忽然，我在转弯处发现了一只绵羊，一团白色的毛靠在城墙的断壁残垣上。又高又瘦，不可能是奈尔，只能是本特。

我急需一个伙伴，所以赶紧停了下来。我好不容易气喘吁吁地站住，不是累，而是害怕。

"本特?"我悄悄地问，然后就发现太着急了。那只羊真奇怪，长长的腿，还是黑色的?

我退后几步，然而太晚了，那只羊已转过身来。我没有看见他的脸，而只看见一团毛。然后，这个可怕的怪物抬起黑黑的脑袋。

"艾斯本·安可!"我尖叫起来。

第十二章
托福特出现又消失

"嘘!"艾斯本示意我小声。

我坐了下来。幽灵狗来来回回。我觉得额头好像被重重地敲了一下。

"嘘!"艾斯本又提醒我,很明显有些生气的样子,"你非得出声吗,迪丝?你没看见我化装成绵羊的样子吗?"

我确实不明白,刚才怎么会把他误当作绵羊了。艾斯本裹着一条恶心的白色羊毛地毯,毯子搭在他的背上,盖住侧面陷下去的身躯。

"如果你想知道,这个是老安德森的床前小垫子。"艾斯本显然知道我在想什么,"很有创意,是吧?这样我就

可以来城堡山侦查而不被发现!"

我现在可没空评论他的化装行为,还有更要紧的事。艾斯本·安可怎么会在这儿?托福特呢?

我把刚才幽灵狗的事放在一边,大喊道:"你不是被逮捕了吗?我以为你在监狱或者动物收养所!"

"好吧。"艾斯本·安可说,"显然,你还都不知道。"

"是的。"我轻轻地说,一时没回过神来。我是什么都不知道。"托福特呢?"我喃喃地问。

艾斯本·安可从他那可笑的毯子下面张望着:"你是说,你的矮个儿朋友?"

托福特不是我的"矮个儿朋友",顶多算矮个儿同屋。但是我没心思纠正艾斯本了:"是啊!你们没有一起来吗?"

"没有。"艾斯本·安可轻轻地拉好他的毯子,"为什么要一起来呢?"

"因为他去找你了!"我大叫道。

"嘘!"艾斯本·安可让我小声点。我也紧张地往后看了看。那只幽灵狗发现我了吗? 他是不是跑过来了? 还好什么也没看见。然而这一刻让人难以忍受。

我压低声音:"托福特今晚……哦,不,昨晚……他想去找布洛。然后告诉布洛……就是说……你不是幽灵狗!"我意识到自己的结巴,然后赶紧用下面的话收尾:"他根本没去你那儿?"

"没有。"艾斯本·安可的毯子又掉下来了,"老安德森来了,把我从里斯克的警察局接走了。那里的秘书认出了我,毕竟我干了那么多年,虽然布洛和莫顿·科菲茨不认识我。至于托福特,我什么也不知道。"

什么! 这是个坏消息。我又紧张地回望了一眼。同是狗,托福特不能少,而那只幽灵狗则完全多余。

"你看见他了?"艾斯本·安可能猜透别人的心思。他说的当然是那只会飞的獒犬。

"看……看见了。"我支支吾吾,别的也说不出什么。

"他们显然在用钢索，但不知道有什么目的。"艾斯本说道。

"什……什么?"我已经像托福特一样结巴了，但同时我已放下了自己的尊严。

"是啊，"艾斯本说着，好像这已是全世界都明白的事儿，"我们发现了金属环。我也注意到那条船。显然，幽灵狗是夜里从海上来的，白天从不会看到。他们一开始就是晚上来，不然没有意义。"

我一句话也听不懂，然后一脸茫然的样子。

"这是显而易见的事情。"艾斯本·安可好像根本不在乎那只幽灵狗就在我们附近，而是在饶有兴趣地寻找一个详细的解释，"那只狗得先咬人，这也是他出现的目的。"

"什么?"我问。

"他们带那只狗，就是为了不让游客再来城堡。所以他们总是晚上来，没人注意，而且从海上来。那只大狗拧了一两名游客，然后就没人敢来了!"

"拧了一下?"我问。天哪,我看到那只狗了,身形巨大!

"对!"艾斯本·安可继续说,"然后他们就安静了。"

"他们?"

"盗宝贼,船上的。"

"盗宝贼?"我又重复道。(我说过讨厌自己重复别人的话。)

"是啊。"艾斯本轻描淡写,好像在说天气一样,七月雨水太多,三月又有露水,"我猜,你一定听说过斯托堡的宝藏。"

我是听说过。谁都知道这个故事,但是即使最差的旅游手册也不会把这故事当真。那只是个童话,斯托堡的宝藏被一个不知道名字的王子或者瑞典总督克努德早已埋藏起来了。"这只是个传说,没什么。"我说。

"但显然有人相信,"艾斯本说道,"我甚至可以想象,那些盗宝贼已经找到宝藏,没准现在正准备转移。但其实

我也不确定，说不定只是一堆废品。"

"废品?"我根本不知道这个词，但也跟着叫了出来。我知道接下来需要很长时间，才能忘记这次屈辱的谈话。

"你还记得那个驼背吗?"

天哪，我当然记得!

"他不一定是驼背。"艾斯本脱口而出。

"不是驼背?"

"那是他背在肩上的袋子，加点想象力看起来像驼背。"

"想象力。"我又呆呆地重复着。现在该是紧张回望的时候了。但是没有狗，也没有驼背，至少暂时都没出现。

"他的袋子里装着废品，"艾斯本说，"他们在外衣塔的洞里挖出来的。这些土得放到一个地方，谁也不能看见的地方。"

"不，"我说着，好像一切都明白似的，"宝藏在外衣塔里?"

"我猜，至少那儿有他们挖过的洞。"

"哦？"我略加怀疑地说，怀疑让我很高兴，"你看见了？"

"洞吗？没看见。但是我看见土了。你还记得吗？外衣塔里面有一些土屑。他们肯定要把土倒进海里，从船上。他们把袋子沿钢索滑到船上，再倒掉。外衣塔里可以看见他们掉落的一些土。"在那个恶心的白色毯子下面，我看见艾斯本得意忘形的神情，"前晚，那些绵羊提到飞狗和木板时，我已经想清楚这些了。钢索、绞盘和木板，他们用这些东西把狗运上来，把土运下去，就这么简单。我们现在得去观察一下，一切猜测是否正确。"

观察？我一点儿也没兴趣观察这些人。"托福特呢？"我问。

"待会儿我们再去管托福特。"艾斯本·安可说道。

可以说，这个决定是艾斯本致命的错误。

如果是别的时候，我不像那晚觉得屈辱的时候，我肯定不会跟着艾斯本重上城堡山。如果是别的时候，我肯定也不会跟一个披着地毯的家伙去任何地方。可是那个晚上，我毫无主见地跟在艾斯本后面，踉踉跄跄地走着，只为找到谜底，像艾斯本刚才描述的那样。

我一路上想着：强盗、宝藏！

我们沿着石块铺的路悄悄地上山，到处仔细地闻，仔细地听——至少我是这样。其实我有一种不祥的感觉。老门拱看着像张开的咽喉。第一眼看见外衣塔和上面许许多多的洞眼时，我吓得血都快凝固了。我们悄悄地来到仓房，在通向平台的台阶下稍作停留。

幽灵狗在哪儿？

强盗呢？

"嘘！"艾斯本·安可示意安静，虽然我一点儿声音都没出。"是你吗？"他问道。

"什么？"

"你没听见吗?"

我什么也没听到。

"脚步声,"艾斯本小声说,"我听见脚步声。"

我仔细地听。

还是什么也没听见。

我又仔细听了一次。忽然,一个声音差点儿把我的耳膜震破了。

"迪丝!迪丝!是你吗?"

是托福特!

但是太晚了,托福特已飞过门拱。一团白色的东西,上面有两处深色的斑点,一处在背上,一处在脸上。

"迪丝!"

是恐惧让他这么大声喊叫的,我了解托福特。然后我也惊恐万分。不知道他是从哪儿过来的,不过他跟踪了我的脚印,直到城堡山上。

"托福特!"我大叫着,但是我根本听不见自己的声

音，因为我的声音被一阵深沉的狗吠淹没了。幽灵狗毕竟是一只巨大的黑色獒犬，托福特不可能听不见他。

"哎呀！"艾斯本叫着，但是赛跑已经开始了：托福特在前面飞奔，跟在他后面的是那只步伐很大的獒犬。情急之下，托福特逃到了有三棵橡树的池塘那儿。

"快！"艾斯本·安可也跑起来了，但是朝门拱方向。一刹那，我真想把自己撕碎，然后同时朝两个方向跑。

"快点儿过来！我们得帮他！"艾斯本·安可喊着。

我赶快去追他。艾斯本身上的地毯没有了（一定是刚才丢的），不过他明显有个计划。

我们很快穿过门拱，然后又沿着悬崖边，朝有金属环的岩石和海盗洞跑去。必须承认，艾斯本·安可比我想象中跑得快。

我靠近艾斯本，然后对着他颤动的耳朵问："现在做什么？"

"不知道。"他的回答并不鼓舞人。

现在已经没时间考虑了，托福特从海盗洞飞奔过来，离我们还有扔一块石头那么远的距离。

"跳到木板上！"艾斯本对托福特大声说，"快，上木板！"

托福特刚好到悬崖边停住了，就在那块有金属环的岩石前面。金属环上挂着一根钢索，钢索正在断石边荡来荡去，下面是深谷。

"跳！"艾斯本·安可喊着。

我看见托福特迷茫的眼神，同时听见幽灵狗怒气冲冲的声音。

"快跳！"我也喊着。

托福特真的跳出去了！一步迈到了木板上。这个动作正好让木板动起来，沿着钢索下滑，托福特也跟着朝船的方向滑下去。

这时獒犬也钻过了海盗洞，我和艾斯本背对着背（暂且不考虑身高差异），像战斗者一样等着他。

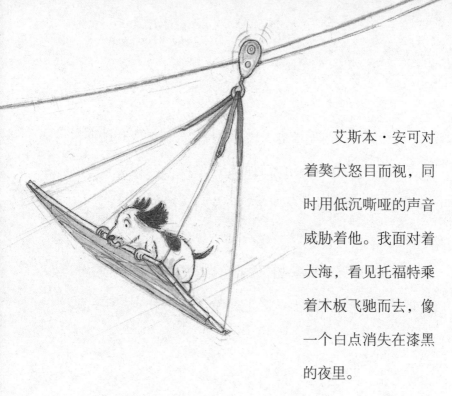

艾斯本·安可对着獒犬怒目而视，同时用低沉嘶哑的声音威胁着他。我面对着大海，看见托福特乘着木板飞驰而去，像一个白点消失在漆黑的夜里。

"你敢过来！"艾斯本咆哮着，他还能镇得住那只惊讶的獒犬。但不能一直这样下去。我们陷在困境里了，天哪，我从没碰到过的困境。

"听着，迪丝，"艾斯本一边威吓着獒犬，一边小声对我说，"我们不能让托福特单独留在下面的船上。"

"什么？"我的声音开始发抖了。是的，托福特已滑到船上去了。

"你也不能一直待在这上面。"艾斯本一边对我说着，一边抬起上唇，龇出黄色的牙齿，威胁着獒犬。

"什么?"我小声问。

"迪丝，你得顺着钢索下去。"艾斯本说。

我惊讶得已经说不出"什么"二字。我？沿着钢索？平衡身体？到下面去？

"你是一只猫，"艾斯本鼓励道，"你做得到。"

第十三章
在 海 上

下面的情节，我是充满恐惧地来叙述的。虽然我很勇敢，是个英雄，然而回忆仍是可怕的。我站在岩石上，望着脚下的金属环和伸向黑夜的钢索。

我想到托福特，他在下面的什么地方；我又想到我，真的不敢下去。

然后我听见艾斯本在叫，那只獒犬竟然也叫了起来。我伸出一只爪子，试探着放到钢索上。

不，艾斯本说的是对的：我们不能让托福特单独待在下面！

我带着这个想法上了钢索，钢索摇晃得很厉害，稍微有点理智的杂技演员都不会这样做。但我没有别的退路，

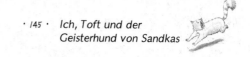

我必须拯救托福特。另外，那只獒犬也在大叫。

"艾斯本！"我喊着，声音跟钢索一样在发抖，"坚持住！"

艾斯本没有回答，而是咆哮着，这是从一只狗的身体内部发出的咆哮。

往回看已经不可能了。稍微一个失误，我就会摔到下面被浪花冲刷的石头上。

我又走了一步。钢索勒进我敏感的爪子里，勒得我很痛。而且越往下越觉得陡峭。控制身体不下滑变得越来越艰难，我觉得整个身体沿着钢索飞驰而下，像托福特那样，当然没有木板支撑，因此脚底变得炽热疼痛。

我尽可能转移身体的重量，并用尾巴保持着平衡。我的背后，悬崖上边突然寂静得可怕。

艾斯本·安可现在怎么样了？

我的脚下是深黑色的大海，映着月光闪闪发亮。海面很是平静。

再走一步，继续往前！下面越来越陡。我好像看见自己失去平衡，尖叫着跌入大海。

其实我还在钢索上，只是脚底痛得厉害。我感觉自己从来没有走过这么长的路。

好像过了一千年——在钢索上独自待了一千年以后——我终于看见船的轮廓，还听见噼噼啪啪的响声。

噼啪声！那个胖胖的奈尔说到盗宝贼时也用过这个词，只可惜后来布洛和他的人类帮凶把事情搞砸了。

我离船越来越近。黑暗中，白色的船看起来有些诡异。我甚至能看清船舱和桅杆了。

又有噼啪的声音："咳——弗——咳——"然后就听见一个失真的沙沙作响的声音，从那一阵"咳——弗——咳——"的杂音中突显出来："呃，你听见我了吗？这儿有一只狗到处跑，一只大狗。"

我明白了：这个声音是从一个对讲机里传出的。船上被呼叫的那个男的回答说："你那儿也有？这儿有只小狗。

你不知道，他竟然是乘着木板滑下来的！"

一定是托福特，我想。那只小狗是托福特！而那只大狗就是艾斯本！我们被发现了，这是个坏消息。好消息是：他们俩都活着。

"抓住它！"对讲机里接着说，"我抓住上面的这只。"

"咳——弗——咳——"又一阵杂音，然后安静下来了。

我的天，终于到船上了。托福特还自由，不知道他是怎么做到的。

我又往前走了一步，钢索摇晃得比先前更厉害，而且我有点下滑。我的爪子也痛得发热。

"小狗，过来！"我听见船上的那个男的轻轻地说。我马上想起托福特对别人不加设防的信任。众所周知，他甚至允许所有的游客抚摸他。但是，这会儿他一定不会这么愚蠢了。

"快过来！"那个男人有些生气，"这里！来这里！"

忽然有扑扑腾腾的声音。

我听见托福特的爪子在木板上跑的声音，他准备溜走。

"你这个小畜生!"那个男人吼着，听声音他又站了起来。显然，他刚才追托福特时摔倒在地上。

这一刻我自己完全失去了控制，开始下滑，且停不下来。我的脚底炽热，甚至要冒火，我重重地摔到甲板上。

我看见船头在我脚下旋转，然后我就摔在一个线轴前面。那是钢索坚硬的末端。

我出现了短时的失忆，后来发现自己躺在甲板上，头摔得嗡嗡直叫。

眼前出现的第一个东西是托福特白色的毛茸茸的肚子。他匆忙逃跑的时候坐到了我的身上。我刚好看见追他的那个男人的靴子。

他们俩就这样绕着船追来追去。托福特飞跑着，那个男的叫骂着。我则踉踉跄跄躲到钢索线轴下面，寻找暂时的安全。我还昏昏沉沉，根本没法发起攻击。

"站住！"男人喘着气说。托福特则还精力旺盛。他的短腿适合兜这样的圈子。只是不能永远这么绕下去。天哪，得想个主意出来！

我的头晕至少好点了，脑袋还嗡嗡直叫。托福特和盗宝贼又绕了一圈。我决定等他们再经过时就发起攻击。我已经摩拳擦掌，也做好可能再次受伤的准备。

托福特的爪子出现在甲板上，还有靴子的声音。他们又来了，我随即准备发起攻击。忽然，我和托福特四目相对。我担心他急刹车，很可能只为跟我打招呼。为保险起见，我又恶狠狠地瞪了他一眼。谢天谢地——他跑过去了。

我闭上眼睛。现在要发生的一幕我不必亲眼看到了，那将会惊心动魄。

我猛地从线轴下面跳了出来，时间把握得刚刚好。我

能感觉到盗宝贼的靴子尖踢进了我的肋骨。他咒骂着，摔倒在地板上。而我根本没时间高兴，肋骨的疼痛让我差点晕了过去。

"托福特！"我低声喊道。但是痛苦还没有结束：我们必须尽快逃离甲板。忍着疼痛，我朝船舷望过去："托福特？"天哪，他到底在哪儿？（盗宝贼还趴在地上。）

"托福特！"我尖叫道。

"迪丝！"他来了，还摇着尾巴，好像有什么要庆祝似的。

"跳下去，托福特！"我厉声呵斥，眼睛直盯着船舷，后面是黑色冰冷的海水。太可怕了，我心里想。

"现在，迪丝？"托福特用他那独一无二的方式问道。而我已从甲板上腾空，我在飞翔。

我只看见一小会儿大海。一跃过船舷改朝下飞时，我就闭上了眼睛。将要潜入海水的那一刻，我担心自己马上会淹死。可惜没有时间选择饿死了，这种机会已错过。

入水的那一刹那，我发现不但很凉，还打得我很痛。我像石头一样迅速下沉。有谁见过猫自愿——而且是在夜里——跳进大海的吗？

睁开眼睛根本无济于事。我好像在冰冷有雾的冬夜里游泳。我用了很长时间适应在水里活动，接纳与水的抗争。自从托福特那次出现在信箱旁边，开始讲幽灵狗的故事以来，发生了那么多可怕的事情，但这会儿在海里挣扎比以往任何时候都惊险得多。我四肢扑腾着，万分无助，可是忽然像浮标一样出了水面：外面的夜晚真美，终于可以自由呼吸了！

我尽可能地深呼吸着。一个波浪打到我的全身，但我又重新浮起。我自由呼吸着。这简直是一种享受。

然后我看见了托福特，他离我顶多十几厘米远，却因为寒冷、湿气和呼吸困难没法靠近。"我的天哪，"我隔着黑色的海水对他吼道，"你到底去哪儿了？"

托福特并没有马上回答。我还听得见盗宝贼的咒骂

声。他弯腰靠着船舷，搜寻着我和托福特。

"我走迷路了。"托福特的声音晃动着传过来，微弱而充满自责，"别生气，迪丝！"

生气？这可不是个合适的词儿，尤其紧接着一个海浪打过来。我们有很多事情要谈，我一边潜水，一边想着，问题是得有足够的空气让我说话！

我打量着海面。海岸到底在哪儿？悬崖呢？

没想到托福特已经找到了救命的海岸。他开始疯狂地划水过去，那动作当然笨拙得可怕。

"我们肯定能游过去，迪丝！"他对我喊着。

但是我不敢肯定。很有可能我因为托福特而淹死，也或者因为对他的愤怒而重新获得力气。他说"迷路"了，我一边游泳，一边思忖着：迷路！去里斯克的路上！

第十四章
在地窖里

"迪丝！迪丝！迪丝！"

岸边传来阵阵呼喊声，但是这样的鼓励对我不一定有帮助。我宁可没有观众，可惜此刻岸上站着很多观众。

被浪花冲刷的岩石就是散库斯岛的边沿。岩石后面不但站着托福特（他显然游得比我好），而且还站着很多本来在斯托堡山坡上吃草的绵羊。没有海浪来袭的时候，我甚至看见了领头羊本特和胖胖的奈尔。

"迪丝！迪丝！迪丝！"大家叫喊着，好像这样能使我不被海浪吞噬。

我像一个冰块，只不过长着四肢在划水，此时我完全精疲力竭了。我的脚下几乎碰不到地面，直到游到岸边。

告别大海时，一个海浪还把我重重地抛向一座尖锐的岩石。哎哟！

永别了，大海！

我气喘吁吁地上了岸，哆哆嗦嗦地站在长着厚毛的羊群前面。（听说猫浸湿后像剥了皮的兔子。）

托福特跑过来时，不必要地抖了抖全身。我刚一上岸，就淋了一场他制造的雨。

自从那天下午，我躺在信箱上晒太阳，听了托福特讲的故事以后，一切都变得糟糕起来。更糟糕的是这个故事还没有结束。我痛苦地抬起头，朝悬崖望去。幽灵狗、盗宝贼和处在麻烦中的艾斯本都还在悬崖上边。

我也抖了抖身上的水，托福特现在淋了我制造的雨。我把这个动作看成找回力量的信号，准备今晚再最后当一次英雄。

"我的天！"我对托福特和羊群说道，"你们站在这儿干什么？"

绵羊们不解地看着我，还会有怎样的回应呢？

最后，本特打破沉默，问道："你说我们在这儿做什么呢？"

我承认现在毫无计划。自从幽灵狗出现后，一系列事件把我卷了进去，不容我有半点思考的时间：艾斯本和他的地毯，在城堡山上瞎跑的托福特，钢索上的平衡行动，逃离盗宝贼的船，还有差点淹死在大海里！

"我们现在得报警，"我像深思熟虑过似的脱口而出，"得让他们注意到我们。同时得把幽灵狗引开！"

我在说话的过程中意识到，其实"让他们注意到我们"和"把幽灵狗引开"是一回事。我热切地希望老约翰现在还醒着，至少没有我和托福特在身边，他睡得不那么踏实。

离开我们头顶一段距离，我看见木板在城堡山上飘浮，还有绞盘的嘎吱声。我们不能耽误一点儿时间。

"大家注意……"我一说完，大家紧接着就上路了：

我和托福特、本特在前，后面跟着几十只固执的绵羊。

一群羊陆续穿过篱笆上的洞，并沿着陡峭的小路上山，不可能是静悄悄的：有蹄子走路的踢踏声，有鹅卵石滚动的声音，还有不知谁吼叫了一次。

但这没关系，我们羊多力量大。如果我们顺利地上了城堡山，害怕的应该是对方。我只是有点担心艾斯本·安可。

我和托福特、本特先登上山顶时，四周静悄悄的。钢索那儿的木板在空空地荡悠。不过我确信，船上那个男的和城堡上的盗宝贼一定通过对讲机联系过了。

但是他们哪会把一只小狗和一只猫当回事呢？人类非常骄傲，也有很多缺点，但最大的缺点是，他们轻视大自然的力量。

绵羊们此时也陆续登上城堡山。我竖起耳朵（虽然左耳里还有水）。我仔细地听着，不久我们应该就会被发

现了。

等最后一只绵羊上了城堡山，我对托福特和本特说："出发，现在行动！"要不是艾斯本·安可让幽灵狗失去了战斗力（我虽然希望如此，但并不相信），他很可能随时出现在我们面前。

绵羊们已开始行动，只有托福特还留在这儿一会儿。

"弄出的声音越大越好！"我嘱咐托福特说，"别让老约翰又去睡觉了！"

托福特的眼睛闪烁着光芒，好像我要给他一个小球似的。"遵命，"他激动地回答（狗总是喜欢指示），"你做什么呢，迪丝？"

我往上挺了一厘米，做出充满英雄气概的样子（虽然我看上去一定无比憔悴）："我来负责其他事情。"

如我所料，托福特非常困惑地看着我。"我去找艾斯本·安可，"我对他说道，"现在抓紧去穆勒嘉！"

我看见他去追赶羊群，刚好追上。不等他们转弯，那

只獒犬就穿过门拱跑来了。

他的行动跟我想象的一模一样！

狗不管多庞大，能带来多大危险，总是不够独

立。在可疑情况下，他们需要等主人的决定。一

群羊离开城堡山，对那只獒犬来说就是可疑情况。

毕竟他的任务是监视城堡山，不许人们上山。

獒犬像钉在地上一样，对着羊群狂吠。他在叫他的

主人。而我希望他的主人现在就出现。

我满意地钻过海盗洞，进了废墟的内部。

外衣塔对我怒目而视，至少我这么觉得。但是我信

心坚定。我飞快地越过草地，直奔池塘，躲在其中的一

棵橡树后面。我紧盯着废墟的方向，没有艾

斯本·安可，谢天谢地，他没有因为被獒犬

咬伤或弄死而躺在什么地方。我觉得外衣塔

里好像有光，一丝微弱的光亮，不过我是

猫，眼力相当不错。

獒犬还在狂叫着，然后我听到了噼啪声。这声音如同光一样微弱，不过我是猫，有非凡的听力（虽然一只耳朵里还有水）。我朝前迈了一步，躲到第二棵，然后是第三棵橡树后面。

果然，盗宝贼出现了！我没注意到他离开外衣塔，但看见他在离仓房不远处，正朝门拱走去。现在一刻也不容耽搁！

我从橡树后面走出来，飞快地冲到外衣塔。我一步便跨过了门槛。地上泛着烂泥、苔藓和潮湿石头的味道。因为没有屋顶，月亮在高高的天上凝视着我。

但这不是唯一的光源。艾斯本·安可说得对！地窖窗口的栅栏已从固定处被打开，靠在墙边。从地窖深处传来一丝光亮！

我走过去，朝里窥探着。（我花了好大力气，才把头伸进窗口。）先看见一个小的提灯，但光很微弱，不足以照亮这个房间。我又看见潮湿的石块墙壁，地板上还有一个洞。盗宝贼把地板凿开，然后挖了一个很深的洞，旁边是一堆黑色的土。

我走到窗台上，准备跳进地窖。

"呜呜!"传来一个声音。

我心里一惊，赶紧跳回来，暂时停住。

"呜呜!"

又是这个声音。不过这次我有些怀疑，又朝地窖窥探了一下。

"呜呜!"

是他! 发霉的地窖里，艾斯本·安可站在一个小角落里。

我一跃跳进了房间。艾斯本·安可还没来得及再次发出"呜呜"声，我已到他身边。

我看见他的一只耳朵被撕破了，流着血（显然是獒犬干的）。他们用一条很短的麻绳把艾斯本·安可拴在墙上

一个生锈的环上。他的嘴巴也被用胶带封了起来，所以艾斯本·安可才发出那个特别的声音。

"呜呜！"他用他的大鼻子向我指着地上的洞，"呜呜！呜呜！呜呜！"他根本不让我安静一会儿。

我在考虑怎么帮他解开捆绑的麻绳，但是可惜没有人的手根本做不了这件事情。

我走到地板上的洞口，边上是那盏微弱的提灯。我朝下看着，发现了那个袋子。我曾经误把这个袋子当成一个人的驼背。但那都是很久以前的事了。现在我已变成英雄，毫不害怕地跳进了洞里。

天哪，这些陌生男人和那只獒犬真的找到了宝藏！袋子旁边有项链、手镯、戒指、雕饰，还有钱币！虽然因为年代久远而失去光泽，或者沾上泥土，但一定非常有价值。没准是金子或其他人类认为名贵的材料做的。我其实根本不在乎这些小玩意儿，但我当然知道，古钱币可以换成新的钱，而新的钱可以变成猫粮。

"呜呜！"上面又传来这种声音，我还是环视了一通。

"呜呜！呜呜！"艾斯本·安可到底要对我说什么？

然后我就意识到了，只是有点儿晚了。

我听见了脚步声，是鞋底刮地面的声音，还有沉闷的跳跃声。盗宝贼回来了！我刚才为什么没注意到獒犬的叫声？

现在我是跳进陷阱里了，在洞中之洞里。我上边的那个人正准备跳下来，收集他偷来的金银财宝。

天哪，我得出去，我得赶紧溜走！

我慢慢练习着，收紧肌肉，对准目标，一跃而起，正

好跳到提灯前面。好痛，然后里面的灯灭了。

"呜呜!"又是艾斯本·安可。

"谁!"盗宝贼大声呵斥着。

我在黑暗里健步如飞，再一跳便回到地窖外面的窗台上。

可惜我跳跃的力度太大了（情急之中，可以理解），最后一直跳到穿过外衣塔的那条路上。而且我不是四肢着地，而是又一次肚子着地。

"嗷!"我头上传来一阵叫声。

我一下子看见了獒犬的咽喉。

"抓住那只猫!"盗宝贼在地窖里命令。

但是没有谁——盗宝贼、獒犬和我——想到托福特会在这时出现!

他的响亮的但充满愤怒的叫声听上去甚至有些可爱。托福特张开腿站在外衣塔的门洞那儿。

獒犬绕着走了一会儿。我艰难地挣扎着起来。只需一个眼神，我和托福特便沟通好了逃跑的计划。我走一个出口，他走另一个。獒犬必须做出决定，可惜——我的天哪——他朝我这儿跑过来！

如果我以前也说过这样的话，那肯定不对：但我从来没像这几分钟跑得那么快。我绕着外衣塔一圈又一圈地飞奔着，愤怒的獒犬紧跟在我身后。

我不知道该怎么摆脱这只獒犬；我也不知道托福特和绵羊们是否已叫醒老约翰，老约翰是否做了正确的事情。如果没有，那他还躺在床上，正如布洛、莫顿·科菲茨和所有散库斯岛上的警察一样，都还躺在床上。

不过跑到第三或第四圈时，我看见了托福特。他在做什么？直接下了山坡——永别了！

那一刻我的怒气让我跑得更快了。我心里骂着托福特，这个胆小鬼！没用的饭桶！

然后我就听见托福特的疯狂叫声。因为惊讶，我跑得稍微慢了一点。他在干什么？没叫救兵，回来做什么？

獒犬的爪子拍打着草地，我的肺快要爆炸了。

托福特疯狂的叫声越来越近。老实说，他好像要咬人的样子。但是怎么咬？咬谁？

我不知第几次在仓房那儿拐弯了。忽然，一个黑色庞然大物（肯定不是托福特）坐在城墙上：是卡斯托普的公牛！

我虽然拼尽全力奔跑着，但是还能认出那头公牛。如果见过陷入恐惧的公牛，一定不会忘记他的目光，也不会

忘记公牛很快会把他的恐惧变为暴力行动。天哪！现在，
这头公牛站在城堡上，他看上去愤怒得可怕！

　　托福特不见了。过了一会儿，他才坐到城墙上。就在
这时，獒犬跑过来了。

　　愤怒的公牛很快盯上了獒犬。他分开的蹄子下飞起尘
土和草叶。现在我们三个在绕着外衣塔转圈，直到我退
出，而那只獒犬仍被公牛紧追着不放。

　　我站到托福特旁边，看着獒犬刚刚飞奔过去。我以为

公牛会紧跟其后，追上来的却是盗宝贼。他背着袋子，很快又放下，因为口袋里的对讲机开始狂叫，直到被下面的声音淹没。

我听到了警报声！山下空旷的停车场上晃动着蓝色警灯的光。

"我们得感谢老约翰。"托福特在吵闹声中喊着说。

警车正飞驶过碉堡桥。（那上面能开车，我到现在还是第一次看见。）

"不管是谁！关键是他们来救我们了！"我差点就对托福特说这句话了。此时，我刚好看见老约翰朝我们走过来，手里挥动着像一面旗子似的鸭舌帽。

伴随着尖锐的刹车声，有人喊道："警察！"然后一个极亮的光束晃得公牛、獒犬和盗宝贼都停了下来。

莫顿·科菲茨挺着肚子出现了。谢天谢地，他不只带了无能的布洛，还带了几个能干的警察一同上来。

第十五章
散库斯的夏天

我猜警察那天在城堡山待了整整一夜。莫顿·科菲茨是个迂腐的家伙，而布洛也聪明不到哪儿去。关键的事情估计都是其他人处理的。

比如老卡斯托普必须逮住他的公牛，莫顿·科菲茨的同事必须逮捕精疲力竭的盗宝贼，他们还得抓住已累到极点的獒犬，帮助艾斯本·安可解开麻绳，包扎他受伤的耳朵。另外还得收拾散落在城堡山上的宝贝，并用大喇叭让船上那个家伙束手就擒。不过这些我都没看见，是托福特讲给我听的。

我只在远处听见大喇叭的声音，我一向对什么时候需要退场有非常敏锐的直觉，所以等莫顿·科菲茨和散库斯

所有的警察一下车，我就离开废墟了。旋转的蓝色警灯，激动紧张的人们，还有那个虚荣得跳上跳下的布洛，这些对我来说太吵了，我不需要看这出戏。另外我浑身湿透，冷得要命。

简而言之：在废墟上热闹非凡时，我独自下了城堡山，穿过石块路、碉堡桥，还有空空的停车场。这里很快又要停满车了。

我一边朝静静的穆勒嘉农舍走，一边想象着接下来的生活：下午太阳西沉，穆勒嘉笼罩在阴凉里。我在草丛里伸个懒腰，偶尔跳到一辆汽车顶上，铁皮做的车顶很温暖。然后就是回家时间了，属于我、老约翰和托福特的时间。是的，一切很快就会平静如初。而其他的事情，对我来说根本无所谓。

这个夜里，我散步回到花园，穿过猫洞，进了房子，然后跳上我的窗台。瓶子里的渔船也会依旧待在这里。

我蜷缩起来，城堡那儿的蓝色警灯照到我的身上时，我已经睡着了。

托福特当然还一直念叨着那次事件。我们的历险让他
很振奋。八月里，当我早就习惯了每天躺在信箱上晒太阳
时，托福特总是从停车场过来，给我讲最新发生的事情。
比如停车场又恢复了生意（好像我根本没看见那些车似
的），斯托堡的宝藏竟然有千年历史（好像我很在乎这些
似的），还有那只獒犬不做幽灵狗以后，去了一个驯狗师
家里（真是不可救药）。

托福特出去放风之后，又回来给我讲那些绵羊的近况
（其实没有一点儿新鲜事）。去里斯克买东西后，他还转达
了艾斯本·安可的问候。托福特激动地说，艾斯本因为上
次的侦查行动还得了一枚奖章。我倒认真考虑过去里斯克
拜访一下那个老家伙，但直到现在也没成行。我每天待在
我的信箱上，晒着太阳，也没因任何托福特带来的新消息
而再受到惊吓。

最近一次，托福特又像一只被刺伤的小猪一样气喘吁吁地跑过来。"迪丝！"他大叫着，"迪……迪……迪丝！"他像以前一样结结巴巴。"你知道吗？"托福特在我的信箱下面气喘吁吁，抬头看着我，"你知道吗？斯托堡的宝藏要展览了！而且专门盖了一座博物馆，就在那儿，碉堡桥前面！"

"哦，真的?"我睡眼惺忪地朝碉堡桥望去，想象着那里出现一座博物馆，很可能只有一层，平房，丑陋的现代建筑。然后我琢磨着，盖房子可能会在什么情况下打扰到我。

但是托福特还没说完，他的声音甚至已变得刺耳："你想，迪丝！所有来博物馆的人，都得来我们的停车场停车！"

哦，是吗？得承认这是个好生意。听上去老约翰的收费处要赚很多的钱，或许还可以买昂贵的猫粮，虽然这一点我并不确定。很难捉摸人类会在什么地方花钱，什么地

方省钱。

"这太棒了，是吗，迪丝?"托福特得意地摇着尾巴。

"是的，很好，托福特。"我觉得很无聊，伸了伸懒腰。然后我又坐了起来，收拾自己。"还有什么吗，托福特?"我问，连看也没看他一眼，心不在焉地舔着胸前的毛。

然后，我又改变想法，看了托福特一眼。最近我有这种感觉，我应该对托福特好一点。毕竟是他把老约翰叫醒，又报了警的……毕竟是他让公牛穿过篱笆，跳过城墙……这已经不错了。有时心情感伤时，我甚至觉得应该感谢托福特。

"哦……那好……迪丝，"托福特说着，因为我沉默良久，"呃，我去上班了。"

上班! 我永远也无法理解这个小东西。他已转身。我目送着他离开。

"托福特?"天知道我为什么又叫他。

"迪丝?"他转过身，眼里放着光芒，身上的斑点像是被人泼了茶水似的。我看了他好久。

"哦，没什么。"我说着，然后又躺下了。我看见他快乐地走向停车场，这让我很舒服。我看见他消失在车辆之间。

车皮在阳光里闪耀。我又听见关车门的声音。我下面的信箱温暖而舒服。天空瓦蓝瓦蓝的。我是否已说过？如果是，那就再说一遍：世界上没有任何一个地方，像散库斯的夏天这么优美。

白乌鸦奖
The White Ravens

白乌鸦奖由当今全世界最大、最具影响力的专业少儿图书馆——德国国际青少年图书馆颁发，每年会从50多个国家、30多种语言的作品中选出200本儿童文学作品。该奖项每年颁奖一次，享有很高的国际知名度，突出当代儿童与青少年文学的发展趋势，候选的儿童读物须在颁奖的前一年提出。

"白乌鸦书目"也是德国国际青少年图书馆编制的年度儿童文学书目。多年来，在国际青少年图书馆，"白乌鸦"一直指代来自世界各地的优秀且具有创意的儿童书籍。这些书籍从语言、内容和艺术质量上来说，代表着一个国家儿童文学的最高水平。每年的博洛尼亚国际童书展上，主办方都会对白乌鸦入选书目做重点推荐展出。

曾入选"白乌鸦书目"的中文原创作品有：《格子的时光书》（陆梅）、《夏天》（曹文轩）、《面包岁月》（铁凝）、《游泳》（刘海栖）、《一颗莲子的生命旅程》（陈莹婷）等。